KB080338

변신·시골 의사

변신·시골 의사

프란츠 카프카 지음

윤영 옮김

올리버

프란츠 카프카Franz Kafka

• 차례 •

변신

I

어느 날 아침, 그레고르 잠자는 불안한 꿈을 꾸다 깨어났고 끔찍한 해충이 되어 침대에 누워 있는 자신을 발견했다. 갑옷 같은 등을 바닥에 대고 누운 그가 고개를 살짝 들어 보니 단단한 활 모양으로 구분된 둥그스름한 갈색 배가 보였다. 불룩하게 솟은 이불은 배를 제대로 다 덮지 못한 채 금방이라도 흘러내릴 듯한 모양새였다. 다른 신체 부위와 비교해 안쓰러울 정도로 가느다란 수많은 다리가 그의 눈앞에서 속절없이 버둥거렸다.

그는 생각했다.

'무슨 일이 일어난 거지?'

꿈이 아니었다. 아주 작긴 하지만 그래도 사람이 살기에 충분한 그의 방은 익숙한 네 개의 벽 사이에 고요히 놓여 있었다. 탁자 위에는 아직 포장을 뜯지 않은 옷 샘플들이 펼쳐져 있었고(잠자는 출장 외판원이었다) 벽에는 얼마 전 그가 잡지에서 오려내 예쁜 금박 액자 안에 넣어놓은 그림이 걸려 있었다. 모피 모자와 모피 목도리를 한 여자의 그림이었다. 그녀는 똑바로 앉아서 그림을 보는 사람을 향해 팔뚝이 다 가려질 정도로 풍성한 방한용 토시를 들어서 보이고 있었다.

그레고르는 창문으로 눈길을 돌렸다. 을씨년스러운 날씨(빗방울이 금속 창틀 위에 떨어지는 소리가 들렸다)에 그의 기분도 꽤 구슬퍼졌다.

'좀 더 잠을 자서 이 말도 안 되는 상황을 잊어보는 건 어떨까?'

그는 생각했다. 하지만 그럴 수 없었다. 그는 오른쪽으로 누워 자는 것에 익숙한데 지금 상황으로는 그 자세를 취할 수가 없었기 때문이다. 오른쪽으로 몸을 돌려보려고 아무리 애를 써도 늘 제자리로 벌러덩 돌아오고 말았던 것이다. 그는 꿈틀거리는 발이 보고 싶지 않아 눈을 감은 채로 백 번쯤 시도했다가 결국 이제껏 한 번도 느껴보지 못한 은근한 옆구리 통증 때문에 포기하고 말았다.

'젠장, 난 왜 이렇게 힘든 직업을 선택했던 걸까!'

그는 생각했다.

'하루가 멀다고 출장을 나가야 하잖아. 외판원은 직장에 앉아 일하는 사람에 비해 그 스트레스가 훨씬 크다니까. 여기저기 돌아다녀야 하는 문제에다 기차 환승 그리고 질 나쁘고 불규칙한 식사에 대한 걱정은 물론, 절대 알아갈 수도 없고 친해지지도 않을 온갖 사람과 늘 연락해야 하는 문제까지 혼자 해결해야 하지. 모두 다 될 대로 되라지!'

그는 배 위쪽이 살짝 간질거리는 느낌을 받았다. 침대 머리판 쪽에 등을 대고 천천히 몸을 일으키자, 머리를 좀 더 쉽게 들 수 있었다. 그는 가려운 곳을 찾다가, 그게 뭔지는 알 수 없지만 하얀 반점으로 가득한 부분을 찾아냈다. 그는 한 다리로 그 부위를 건드리려 했다가 얼른 다시 다리를 내렸다. 거기에 발이 닿자마자 온몸에 소름이 돋았기 때문이다.

그는 다시 원래 자세로 돌아왔다.

'매일 일찍 일어나니 사람이 바보가 되는 거야. 사람은 충분히 잠을 자야 해. 다른 출장 외판원들은 풍족한 삶을 살잖아. 이를테면 주문받은 걸 확인하려고 아침마다 여관에 가보면, 신사들은 그제야 거기 앉아서 아침 식사를 하고 있지. 내가 사장 앞에서 그런 모습을 보였더라면 난 그 자리에서 해고당했을 거야. 어쩌면 그게 나에게는 좋은 일이었을지도 몰라. 부모님을 생각해서 참지 않았더라면 난 진즉 몇 년 전에 그만두었을 거야. 사장을 찾아가서 내 마음 밑바닥에 있는 생각을 다 말했겠지. 그럼 사장은 책상에서 나자빠졌을 거야! 책상에 앉아서 직원들에게 업무 지시만 내리는 것도 참 이상한 일이야. 게다가 사장은 청력에 문제가 있어서 직원들이 그에게 상당히 가까이 다가가야 하잖아. 어쨌든 아직도 희망은 있어. 부모님의 빚을 다 갚을 정도로 돈을 모으고 나면 나도 사표를 낼 거야. 앞으로 오륙 년쯤 더 걸리겠지만, 그땐 정말 해낼 거야. 그런 다음엔 성공의 기회를 만들어내야지. 그건 그렇고 지금은 당장 일어나야 해. 기차가 다섯 시에 떠난단 말이지.'

그는 서랍장 위에서 째깍거리는 알람 시계를 쳐다보았다.

'야단났군!'

그는 생각했다. 시간은 이미 6시 30분이 지난 상태로 시곗바늘이 조용히 움직이고 있었다. 곧 45분이 될 터였다. 알람이 울리지 않았던 걸까? 알람을 정확히 4시에 맞춰놓은 게 침대에서도 보였다. 그렇다면 분명히 알람은 울렸을 것이다. 그럼 가구가 다 흔들릴 정도로 시끄러운 소리가 나는데도 잠을 잔다는 게 가능한 걸까? 사실 편하게 잠을 자지 못한 탓에 알람이 울림에도 더 깊이 잠에 빠진 모양이었다. 그럼 이제 어떻게 해야 할까? 다음 기차는 7시에 떠난다. 그 기차를 타려면 미친 듯이 서둘러야 할 것이다. 하지만 아직 샘플은 포장도 못 했고, 무엇보다 지금 생생하고 활기 넘치는 상태도 아니었다. 그리고 그 기차를 탄다고 해도 사장의 화를 피하지는 못할 것이다. 왜냐하면 사무 보조원이 5시 기차가 떠나는 걸 확인하고 내가 그 기차를 타지 않았다는 사실을 이미 보고했을 것이기 때문이다. 사무 보조원은 사장 편이었고 줏대가 없었으며 이해심이라고는 눈곱만큼도 없었다. 아프다고 보고하는 건 어떨까? 하지만 그레고르는 5년간 일하며 단 한 번도 아팠던 적이 없었다. 따라서 극도로 부자연스럽고 의심스러울 게 뻔했다. 사장은 분명히 의료보험사의 의사를 대동하고 나타날 것이고, 게으른 아들을 둔 것에 대해 그의 부모를 비난할 것이다. 그리고 의사 말만 믿고 다른 사람은 의견도 내지 못하게 할 것이다. 의료보험사의 의사 입장에서는 다들 그리 아프지도 않으면서 일하기 싫어하는 사람만 가득했기 때문이다. 그렇다면 그레고르의 경우엔 의사의 말이 전적으로 틀린 걸까? 실제로 그레고르는 너무 오래 잔 후라 멍한 상태인 것만 빼면 완전히 건강한 느낌이었고 심지어 평소보다 훨씬 더 허기가 졌다.

그가 침대에서 일어날 결심도 하지 못한 채 정신없이 이런 생각을 하는 동안(알람 시계가 이제 막 6시 45분을 가리키고 있었다) 누군가가 침대 머리맡에 있는 방문을 조심스레 두드렸다.

"그레고르!"

목소리가 들렸다. (어머니의 목소리였다!)

"여섯 시 사십오 분이야. 나가야 하는 것 아니니?"

부드러운 목소리! 그레고르는 대답하는 자신의 목소리를 듣고 깜짝 놀랐다. 그것은 의심할 여지 없이 분명 자신의 원래 목소리였지만, 마치 목구멍 아래에서 들려오는 것처럼, 억누를 수 없을 정도로 고통스러운 끼익 소리와 뒤섞여 있었다. 처음 듣는 순간에는 분명히 구분되지만, 반향음 속에서는 왜곡되는 바람에 상대가 정확히 알아들었는지 알 수 없을 정도였다. 그레고르는 자세하게 대답하고 모든 걸 설명해주고 싶었으나, 지금 상황에서는 이렇게 대답할 수밖에 없었다.

"네, 네, 고마워요, 엄마. 금방 일어날 거예요."

나무 문을 사이에 두고 있었기에 어머니는 그레고르 목소리의 변화를 알아채지 못했다. 어머니는 그의 설명에 만족한 채 조용히 물러났다. 하지만 이 짧은 대화 때문에 다른 가족들은 그레고르가 예상치 못하게 아직 집에 있다는 사실을 알게 되었다. 어느새 아버지가 옆문을 두드리고 있었다. 약하긴 하지만 주먹으로 두드리는 중이었다.

"그레고르, 그레고르, 무슨 일이냐?"

아버지가 소리쳤다. 잠시 후 아버지는 낮은 목소리로 그를 다시 재촉했다.

"그레고르! 그레고르!"

또 다른 옆문에서는 그레고르의 누이가 가볍게 노크를 했다.

"그레고르? 괜찮은 거야? 뭐 필요한 게 있어?"

그레고르는 양쪽을 향해 대답했다.

"금방 나갈 거예요."

그는 이상한 목소리를 들키지 않으려고 최선을 다했다. 굉장히 조심스럽게 발음하고 각각의 단어 사이를 최대한 길게 끊어 말했다. 아버지는 아침 식사를 하러 돌아갔지만, 누이는 계속해서 속삭였다.

"그레고르, 문 좀 열어봐, 내가 부탁할게."

하지만 그레고르는 문을 열 생각이 없었다. 그는 자신의 조심스러운 버릇에 대해 스스로 기뻐했다. 여행을 자주 다니다 보니 집에 있을 때조차도 밤에는 모든 문을 잠그고 지내는 버릇이 생겼던 것이다.

우선 그는 아무런 방해 없이 조용히 일어나 옷을 입고 싶었으며, 무엇보다 아침 식사를 하고 싶었다. 그런 다음 이후에 어떻게 할지 생각하려 했다. 이렇게 침대에 누운 채로는 합리적인 결론을 내놓지 못하리라는 걸 잘 알고 있었기 때문이다. 그는 종종 침대에서 가벼운 통증을 느꼈던 기억이 났다. 아마 어색한 자세 때문에 생겼을 그 통증은 늘 순수한 상상력으로 판명되었고, 오늘은 과연 자신의 상상이 어떻게 해결될지 궁금했다. 그는 목소리의 변화를 심각한 감기의 증후에 불과하다고 믿어 의심치 않았고, 이것은 출장 외판원에게는 직업병이나 다름없었다.

이불을 내치는 건 단순한 일이었다. 몸을 살짝 들어 올리기만 해도 이불이 저절로 흘러내렸기 때문이다. 하지만 그다음은 어려웠다. 그의 몸이 유난히 넓적했기 때문이다. 몸을 밀어서 일으키려면 팔과 손이 필요했다. 하지만 그에게는 팔과 손 대신 작은 발이 여러 개 있었고, 그마저도 각기 다른 방향으로 버둥거리기만 할 뿐이었다. 게다가 그 다리들은 마음대로 통제가 되지도 않았다. 다리 하나를 구부리려고 하면 다른 다리가 쭉 펼쳐졌다. 마침내 그 다리로 원하는 바를 성공시켰다 싶을 때면, 나머지 다리들이 자유를 찾은 듯 제멋대로 고통스럽게 버둥거렸다.

"하지만 쓸데없이 침대에 누워 있을 순 없지."

그레고르는 혼잣말을 했다.

맨 먼저 하고 싶었던 건 몸의 아랫부분을 침대 밖으로 내놓는 것이었다. 하지만 몸 아랫부분이 좀처럼 보이지 않았고 어떻게 생겼는지 상상조차 할 수 없었기에, 움직이는 것도 너무 힘들 것으로 판단했다. 움직이는 과정은 매우 느렸다. 결국 그는 거의 미칠 지경이 되어서야 온 힘을 끌어모아 앞쪽으로 몸을 던졌다. 그러나 아무 생각 없이 잘못된 방향을 선택했고, 침대 기둥에 세게 부딪히고 말았다. 그는 자신이 느끼는 극심한 고통을 통해 몸 아랫부분이 아마도 가장 예민한 부분일 거라는 결론을 내렸다.

따라서 그는 몸 윗부분부터 침대에서 내밀기로 했고, 침대 가장자리 쪽으로 조심조심 고개를 움직였다. 이 과정은 제법 쉽게 진행되었다. 몸의 너비와 무게가 있어도 결국은 거대한 몸뚱이가 천천히 머리 방향으로 따라갔던 것이다. 하지만 마침내 머리를 침대 밖으로 내밀게 되자, 정작 이대로 조금 더 움직이는 게 불안해지기 시작했다. 왜냐하면 이러다가 침대에서 떨어졌을 경우 기적이 일어나지 않는 한 머리를 다칠 게 뻔했기 때문이다. 그리고 지금은 무슨 수를 써서라도 의식을 잃으면 안 되는 상황이었기에, 그는 그대로 침대에 있기로 했다.

원래 자세로 돌아오는 데는 또 그만큼의 노력이 필요했다. 하지만 한숨을 내쉬며 누워 있자니, 아까보다 훨씬 더 격렬하게 서로 싸워대는 조그만 다리들이 다시 눈에 들어왔다. 이런 식이라면 이 혼란스러운 상황에 평화와 질서를 가져올 방법을 생각해낼 수 없었다. 그는 다시 한번 이대로 침대에 누워 있을 순 없으며, 침대에서 빠져나올 약간의 희망이라도 있다면 어떤 희생을 치르더라도 여기에서 벗어나는 것이 가장 분별 있는 행동이라고 자신에게 말했다. 하지만 그와 동시에, 차분한 고민이 혼란스러운 결정보다 훨씬 더 낫다는 사실을 때때로 자신에게 상기시키는 것도 잊지 않았다. 그와 동시에 그는 창문 쪽으로 시선을 돌려 최대한 또렷한 눈으로 밖을 내다보았다. 하지만 안타깝게도 좁은 거리 쪽은 아침 안개가 자욱했기에 그에게 조금의 자신감이나 격려도 전해주지 못했다.

"벌써 일곱 시군."

다시 알람이 울리자, 그가 혼잣말했다.

"일곱 시인데 이렇게 안개가 자욱하다니."

그러면서 그는 좀 더 오랫동안 가만히 누워 있었다. 이렇게 가만히 있으면 원래 자연스러운 상태로 돌아갈 수 있으리라 기대하는 듯 일부러 숨도 약하게 쉬었다.

하지만 그러고 나서 그는 자신에게 말했다.

"일곱 시 십오 분 전에는 무슨 일이 있어도 침대 밖으로 완전히 나가야 해. 그때까지 사무실 사람이 내게 뭘 물어보러 올 수도 있어. 사무실은 일곱 시 전에 여니까."

그는 몸 전체를 동시에 침대 밖으로 끄집어내기 위하여 몸을 흔들기 시작했다. 이런 식으로 침대에서 떨어진다면 머리를 계속 꼿꼿하게 들고 있기만 하면 부상은 피할 수 있을 것 같았다. 등은 꽤 아프겠지만 그래도 카펫 위에 떨어지는 거니 아무 일도 일어나지 않을 것이다. 가장 걱정되는 건 추락과 함께 큰 소리가 나는 것이었다. 문밖에 있는 사람들이 놀라지는 않아도 걱정은 할 테니까. 하지만 그것도 감수해야 할 일이었다.

그레고르는 침대 밖으로 몸이 반쯤 빠져나오자(새로운 방법은 힘이 들기보다는 게임에 가까웠다. 계속 일정한 리듬으로 몸을 흔들어주기만 하면 됐기 때문이다) 누구든 와서 도와준다면 얼마나 편할까, 하는 생각이 들었다. 힘센 사람 두 명(그는 아버지와 하녀를 떠올렸다) 정도면 충분할 것 같았다. 그들은 그저 둥그런 그의 등 밑으로 팔을 집어넣은 뒤, 침대 밖으로 그를 끄집어낸 다음, 무거운 그를 바닥에 내려놓고, 그가 바닥에서 몸을 뒤집을 때까지 차분하게 기다려주기만 하면 되는 것이었다. 뒤집기만 하면 작은 다리들이 그것의 용도를 찾게 될 테니 말이다. 모든 문이 다 잠겨 있긴 하지만, 그래도 도움을 청해야 하는 것일까? 이런 생각이 들자, 그는 이런 다급한 상황에서도 피식 터지는 웃음을 참을 수 없었다.

세게 흔든 그의 몸은 이제 더 이상 균형을 잡기 힘들 지경에 이르렀고, 그래서 그는 얼른 마지막 결정을 해야 했다. 벌써 시간이 7시 10분이 되었기 때문이다. 그때 아파트 현관문 벨소리가 울렸다.

"직장에서 온 사람일 거야."

그는 혼잣말하며 그대로 얼어붙었다. 비록 짧은 다리들은 마치 춤이라도 추는 듯 더 활발하게 움직이고 있긴 했지만 말이다. 한순간 정적이 감돌았다.

"문을 열지는 않은 모양이야."

그레고르가 터무니없는 희망을 품은 채 말했다. 그러나 곧 당연하게도, 하녀의 단호한 발소리가 문 쪽으로 이어지더니 문이 열렸다. 그레고르는 방문객의 인사말 첫마디만 듣고도 그가 누구인지 알 수 있었다. 지배인이 직접 찾아온 것이다. 왜 자신만 아주 작은 실수에도 큰 의혹을 제기하는 회사에서 근무하게 된 것일까? 모든 직원이 다 악당들이었을까? 단지 오전 몇 시간 동안 회사 일을 하지 못했다고 해서 양심의 가책을 받아 비정상적으로 변하고, 침대 밖으로 나오지도 못하게 되는 헌신적인 사람이 직원 중에 여태 단 한 명도 없었단 말인가? 정말로 궁금한 게 있었더라면 견습생을 시키는 것으로 충분하지 않았을까? 꼭 지배인이 직접 와야 했을까? 이런 의심스러운 상황을 조사할 때는 지배인의 판단만이 믿을 수 있다는 사실을 아무것도 모르는 가족들에게 꼭 보여줘야 했을까? 그리고 이러한 생각이 어떠한 적절한 결단보다도 그를 흥분하게 만들었기에, 그는 온 힘을 다해 침대 밖으로 몸을 흔들어댔다. 쿵 소리가 나긴 했지만 아주 큰 소리는 아니었다. 카펫이 어느 정도 충격을 흡수해주었고 그의 등이 생각했던 것보다 훨씬 유연했기에, 떨어지는 소리는 둔탁했고 모두 알아차릴 정도는 아니었다. 다만 신경 써서 머리를 들고 있지 않았던 탓에 머리를 바닥에 부딪쳤다. 짜증도 나고 아팠던 그는 고개를 돌려 카펫에 머리를 문질렀다.

"저기서 뭔가 떨어진 것 같은데요."

왼쪽에 있는 방에서 지배인이 말했다. 그레고르는 오늘 자신에게 일어난 일이 언젠가 지배인에게도 일어날 수 있지 않을까 상상해보려 했다. 적어도 그럴 가능성은 인정할 수밖에 없었다. 하지만 이 질문에 대한 답이라도 하듯, 옆방의 지배인은 반질반질 광을 낸 부츠를 신은 채 다부지게 몇 걸음을 걸어 보였다. 그레고르의 오른쪽 방에서 누이가 그에게 속삭였다.

"그레고르, 지배인이 왔어."

"그래, 나도 알아."

그레고르는 누이가 들을 수 있을 정도로 목소리를 크게 낼 자신이 없었기에 혼잣말만 했다.

이번엔 왼쪽 방에서 아버지가 말했다.

"그레고르, 지배인께서 들르셨다. 오늘 아침 기차를 놓친 이유를 알고 싶다 하시는구나. 우리는 뭐라고 해야 할지 모르겠어. 그리고 지배인께서 너와 개인적으로 대화를 하고 싶어 해. 그러니 이 문을 좀 열어다오. 좋은 분이시니 방이 지저분해도 다 이해해주실 거다."

그때 지배인이 소리쳤다.

"좋은 아침입니다, 잠자 씨."

"몸이 안 좋은가 봐요."

아버지가 문가에서 계속 이야기하는 동안 어머니가 지배인에게 말했다.

"아무래도 몸이 안 좋은 것 같아요. 저를 믿어주세요. 아니라면 그레고르가 왜 기차를 놓쳤겠어요! 쟤는 일밖에 모르는 아이예요. 저녁에도 절대 놀러 나가지 않아서 제가 화가 날 지경이에요. 일주일 동안 시내에 나가 있었지만, 매일 저녁에는 집에만 있었어요. 우리랑 같이 부엌에 앉아 있거나 그저 신문을 읽고 기차 시간표를 보는 게 다랍니다. 그 애가 딴짓을 할 때라고는 실톱을 가지고 놀 때뿐이에요. 예를 들어 이삼 일에 걸쳐 작은 액자를 만들곤 했어요. 얼마나 예쁜지 모른답니다.

방 안에도 걸려 있어요. 그레고르가 문을 열기만 하면 바로 보실 수 있을 거예요. 어쨌든 지배인님이 오셔서 참 기쁘네요. 우리끼리는 아무리 해도 애가 문을 열지 않았거든요. 애가 고집이 좀 세요. 물론 지금은 몸이 안 좋은 게 분명해요. 오늘 아침에는 괜찮다고 했었지만요."

"곧 나갈게요."

그레고르는 천천히 그리고 친절하게 말했지만, 실은 대화 내용을 조금도 놓치지 않기 위해 꼼짝도 하지 않고 있었다. 지배인이 말했다.

"저 역시도 달리 설명할 방법이 떠오르지 않는군요, 부인. 심각한 일이 아니길 바랍니다. 하지만 한편으로 우리 같은 장사꾼들은 행운인지 불행인지 모르겠지만, 몸이 조금 안 좋을 때는 사업에 대한 걱정 때문에라도 금방 극복해야 한답니다."

"그럼 이제 지배인님이 방에 들어가도 되겠니?"

아버지가 참지 못하고 방문을 두드리며 물었다.

"아니요."

그레고르가 대답했다. 왼쪽 방에 끔찍한 정적이 흘렀다. 오른쪽 방에서는 누이가 훌쩍이기 시작했다.

그런데 누이는 왜 다른 사람들과 같이 있지 않은 걸까? 아마도 이제 막 일어나서 아직 옷을 차려입을 준비가 되지 않은 것일 게다. 그럼 왜 울고 있는 걸까? 일어나지도 않고, 지배인을 방에 들이지도 않기 때문에? 그래서 직장을 잃을 위험에 처할까 봐? 그러면 예전처럼 사장이 쫓아와 빚 독촉을 하며 부모님을 괴롭힐까 봐 그러는 걸까? 아직 그런 걱정을 할 필요는 없었다. 그레고르는 아직 여기에 있었고 가족을 저버릴 생각이 전혀 없었기 때문이다. 당분간 그는 카펫 위에 누워 있기로 했다. 게다가 그의 상태를 아는 사람이라면 그 누구든 지배인을 들일 것을 진심으로 바라지는 않을 터이다. 이것은 사소한 결례였고 나중에라도 적당한 변명거리를 찾을 수 있는 일이었기에 이런 일로 그레고르가 당장 해고될 건 아니었다. 그레고르 입장에서는 눈물과 대화로 자신을 방해하느니, 차라리 그냥 잠시 놔두는 게 훨씬 더 합리적일 것 같았다. 하지만 다른 이들은 무슨 일이 일어나고 있는지 몰랐기에 걱정했고, 걱정은 그들의 이런 행동에 변명거리가 되어주었다.

지배인이 이제는 목소리를 높였다.

"잠자 씨, 뭐가 문제인 거죠? 당신은 방에 숨어서 '예', '아니오'로만 대답하면서 부모님에게 심각하고 불필요한 걱정을 안겨주고 있습니다. 그리고 당신이 맡은 바를 듣도 보도 못한 방식으로 등한시하고 있습니다. 내가 당신의 부모님과 사장님을 대신해서 말하는 겁니다. 그러니 즉각 명확한 설명을 해주길 진지하게 요청합니다. 난 놀랐어요, 많이 놀랐습니다. 난 당신이 차분하고 합리적인 사람인 줄 알았는데 이렇게 이상한 변덕을 부릴 줄은 몰랐네요. 오늘 아침, 사장님께서는 당신이 나타나지 않은 것에 대해 납득 가능한 이유를 요구했습니다. 그래요, 최근 당신에게 맡겼던 돈에 관한 이야기입니다. 솔직히 나는 사장님께 걱정할 필요 없다는 약속을 할 뻔했습니다. 하지만 지금 이렇게 와서 당신의 상상도 할 수 없는 고집스러움을 보니 더 이상 당신의 편에서 선처를 호소하고 싶다는 생각이 들지 않는군요. 그리고 당신의 지위는 그렇게 안정된 것이 아닙니다. 원래 나는 당신과 개인적으로 모든 이야기를 할 작정이었지만, 당신이 이렇게 아무 이유 없이 내 시간을 빼앗고 있으니 당신 부모님도 이 사실을 몰라야 할 이유가 없을 것 같군요. 최근 당신의 실적은 매우 만족스럽지 못합니다. 물론 요즘 장사가 잘되는 시기는 아닙니다. 그건 우리도 알고 있어요. 하지만 장사가 전혀 안되는 시기란 건 없는 거잖아요. 잠자 씨, 그런 일은 있을 수 없는 겁니다.”

“하지만 지배인님!”

그레고르는 흥분해서 다른 모든 걸 잊고 소리쳤다.

“곧바로 문을 열겠습니다. 잠시만 기다려주세요. 몸이 좀 좋지 않고 어지럽기도 해서 일어날 수가 없었던 겁니다. 지금도 침대에 누워 있어요. 하지만 이제 상태가 좀 좋아졌습니다. 곧 침대에서 일어날 테니 조금만 참고 기다려주세요! 생각만큼 건강이 좋은 것 같지는 않습니다. 하지만 괜찮습니다. 사람이 어떻게 이리도 급히 아플 수 있을까요. 어제저녁만 해도 모든 게 괜찮았어요. 부모님도 알고 계십니다. 저보다 더 잘 알고 계실 거예요. 사실 어제저녁에 살짝 증상이 있긴 했습니다. 가족들이 그때 알아봤어야 했는데 말이죠. 제가 왜 사무실에 미리 연락하지 않았는지 모르겠네요! 하지만 지배인님은 사람이 집에서 쉬지 않고도 병을 극복할 거라고 믿으시잖아요. 부디 부모님께 고통을 주지 마세요! 당신이 하는 비난에는 아무런 근거가 없습니다. 그 누구도 내게 이런 말을 한 적이 없어요. 아마 제가 보낸 최근 계약서를 보지 않으신 모양입니다. 여덟 시 기차를 타고 출발하겠습니다. 몇 시간 쉬었더니 힘이 나는 것 같네요. 그러니 기다리지 마세요. 뒤쫓아서 사무실에 가겠습니다. 그리고 부디 사장님께 잘 말해주시고, 저 대신 인사를 전해주세요."

그레고르는 자기가 무슨 말을 하는지도 모른 채 이런 말들을 쏟아내면서 서랍장 쪽으로 다가갔다. 침대에서 미리 연습했더니 힘들이지 않고 움직일 수 있었다. 서랍장 앞에서 그는 똑바로 일어서려 애썼다. 그는 진심으로 문을 열고자 했다. 사람들이 자기를 봐주길 원했고 지배인과 대화를 나누고 싶었다. 고집스럽게 문을 열기를 바라는 사람들이 막상 그를 보면 어떤 말을 할지 궁금했다. 사람들이 경악한다면 그때는 그레고르도 어쩔 수 없이 잠자코 있을 수 있을 것이다. 하지만 그들이 조용히 모든 걸 받아들인다면 그 역시 흥분한 이유가 없을 테니 서두르기만 한다면 8시쯤까지 기차역에 도착할 수 있을 것이다. 처음 몇 번은 매끄러운 서랍장에서 계속 미끄러졌다. 하지만 결국 마지막으로 몸을 홱 돌려 똑바로 설 수 있게 되었다. 몸 아래쪽이 무척 아팠지만, 그런 것에 신경 쓸 때가 아니었다. 이제 그는 근처 의자 등받이 쪽으로 쓰러지면서 작은 다리로 의자 귀퉁이를 꽉 붙잡았다. 그렇게 안정을 찾은 그는 지배인이 뭐라고 하는지 들을 수 있도록 조용히 기다렸다.

"한 마디라도 이해하셨습니까?"

지배인이 부모님에게 물었다.

"잠자 씨가 우리를 놀리려는 건 아니겠죠?"

"어머나, 맙소사!"

어머니가 거의 울먹이는 소리로 외쳤다.

"애가 많이 아픈가 봐요. 우리가 애를 곤란하게 만들고 있는 것 같네요. 그레테! 그레테!"

"어머니?"

반대편에서 누이가 소리쳤다. 두 사람은 그레고르의 방을 사이에 두고 의사소통을 하고 있었다.

"네가 가서 당장 의사를 모셔 와야겠다. 그레고르가 아프구나. 얼른 의사를 데려와. 그레고르가 지금 말하는 거 너도 들었니?"

"그건 짐승 소리였어요."

지배인이 말했다. 어머니의 비명 소리와 대조되는 차분한 목소리였다.

"안나! 안나!"

아버지가 손뼉까지 치며 복도 건너편 부엌 쪽으로 소리쳤다.

"당장 열쇠공을 데려와라!"

금세 두 소녀가 치맛자락을 휘날리며 복도를 달려가더니 아파트 현관문을 벌컥 열고 나갔다. 그런데 누이는 어쩜 그리도 빨리 옷을 갈아입었을까? 문이 다시 쾅 닫히는 소리가 나지 않는 걸 보니 문을 열어두고 간 모양이었다. 뭔가 끔찍한 일이 일어났을 때 사람들은 이런 행동을 하곤 했다.

하지만 그레고르는 훨씬 차분해졌다. 사람들은 더 이상 그의 말을 이해하지 못했다. 다만 그에게는 사람들의 말이 이전보다 더 명확하게 들렸다. 아마 그의 귀가 그들의 소리에 익숙해진 모양이었다. 그러나 어쨌든 사람들은 그에게 무슨 문제가 생겼다고 생각했고 그를 도울 참이었다. 그의 상황에 대한 최초의 반응은 자신감 있고 현명했으며, 이것이 그를 기분 좋게 만들었다. 그는 다시 한번 자신이 사람들 사이에 포함되어 있다고 느꼈으며, 의사와 열쇠공이 대단하고 놀라운 성과를 보여주기를 기대했다. 비록 누가 누구인지 구별을 할 수는 없었지만 말이다. 그는 곧 하게 될 중요한 대화를 위해 최대한 또렷한 목소리를 낼 수 있게끔 살짝 기침했다. 이마저도 소리를 죽여서 하느라 꽤 힘이 들었다. 기침 소리도 보통 사람들의 기침 소리와는 다르게 들릴 수 있었기 때문이다. 솔직히 더 이상 이런 것들을 스스로 판단할 수 있으리라는 자신도 없었다. 한편 옆방은 무척 조용해졌다. 아마도 부모님이 지배인과 탁자에 앉아 속삭이고 있는 듯했다. 아니면 문에 바짝 붙어서 소리를 엿듣고 있을 수도 있었다.

그레고르는 의자를 끌고 문 쪽으로 다가갔다. 그런 다음 의자를 치워버리고 문에 찰싹 달라붙었다. 그리고 문을 잡고 똑바로 서서(그의 작은 발끝에는 끈적이는 물질이 있었다) 잠시 쉬었다. 그런 다음 입을 이용해 자물쇠에 꽂혀 있는 열쇠를 돌렸다. 안타깝게도 그에게는 이빨이 없는 듯했다. 그럼 열쇠를 어떻게 붙잡을 수 있을까? 다행히 그에겐 이빨 대신 강한 턱이 있었다. 그 덕분에 그는 가까스로 열쇠를 돌릴 수 있었다. 그러나 이 행동이 그에게 어떤 해를 끼치는지 미처 눈치채지 못했다. 그의 입에서 갈색 액체가 흘러나와 열쇠를 흠뻑 적시고 바닥 위로도 액체를 뚝뚝 흘리고 있었는데 말이다. 옆방에서 열쇠공이 말했다.

"들어봐요. 그가 열쇠를 돌리고 있어요."

이 말은 그레고르에게 큰 격려가 되었다. 하지만 아버지와 어머니를 포함한 모두가 그를 향해 소리쳐야 했다.

"잘한다, 그레고르."

그들은 이렇게 외쳐야만 했다.

"계속해, 그렇게 열쇠를 돌려."

그는 자신의 노력을 모두가 긴장하며 지켜보고 있다고 상상하면서 온 힘을 다 끌어모아 미친 듯이 열쇠를 꽉 물었다. 자기 몸에 가해지는 고통은 생각할 겨를이 없었다. 열쇠가 돌아가자, 그의 몸도 같이 돌아갔다. 그는 오로지 입으로만 자신의 몸을 가누고 있었고, 필요할 때면 온몸의 무게를 실어 열쇠에 매달리거나 열쇠를 눌렀다. 자물쇠가 풀리는 또렷한 딸까닥 소리에 집중하고 있던 그레고르는 정신을 차렸다. 그는 숨을 들이마시며 자신에게 말했다.

"나에겐 열쇠공이 필요하지 않아."

그러고는 문을 활짝 열기 위하여 문고리에 머리를 얹었다.

이런 식으로 문을 열었기 때문에 그의 모습이 보이기도 전에 문은 이미 활짝 열렸다. 그는 우선 쌍여닫이문 한쪽을 돌아나가야 했다. 방에 들어서기도 전에 바닥에 철퍼덕 쓰러지고 싶지는 않았기에 매우 조심스럽게 움직여야만 했다. 그는 힘든 동작을 하고 있었기 때문에 다른 것에는 주의를 기울일 수 없었는데도 지배인의 "오!" 하는 외침 소리를 들었다. 마치 바람이 훅 부는 소리처럼 들렸다. 이제 그도 지배인의 모습을 볼 수 있었다(그가 문에서 가장 가까이에 있었다). 지배인은 손으로 쩍 벌린 입을 막은 채 보이지 않는 힘에 끌려가듯 천천히 뒷걸음질을 쳤다. 지배인이 와 있는데도 아직 침대에서 막 나온 듯 부스스한 머리를 한 그레고르의 어머니가 아버지를 쳐다보았다. 그녀는 두 팔을 벌리고 그레고르를 향해 두 발짝 걸어오더니 넓게 펼쳐진 치마와 함께 풀썩 쓰러졌다. 어머니는 얼굴이 다 가려지도록 가슴께로 고개를 떨구었다. 아버지는 적대적인 표정으로 주먹을 꼭 쥐고 있었다. 필요하다면 당장이라도 그레고르를 방 안으로 다시 밀어 넣을 기세였다. 잠시 후 불안하게 거실을 둘러보던 아버지는 두 손으로 눈을 가리고 튼튼한 가슴팍이 흔들릴 정도로 눈물을 흘렸다.

그래서 그레고르는 거실로 나갈 수 없었다. 그 대신 제자리에 고정된 다른 쪽 문에 몸을 기대고 서 있었다. 이렇게 하니 그의 몸이 반쪽만 보였다. 그는 머리를 옆으로 기울인 채 다른 사람들을 빼꼼 내다보았다. 그러는 동안 날이 훨씬 밝아졌다. 거리 반대편에 회색과 검은색으로 끝도 없이 늘어선 건물(병원이었다) 일부가 꽤 또렷하게 보였다. 건물 정면에 규칙적으로 나 있는 소박한 창들도 다 보였다. 아직도 비가 오고 있었다. 이 따금 굵은 빗방울이 낱낱이 바닥으로 떨어지는 게 보였다. 아침 식사 후 설거지할 그릇들이 탁자 위에 놓여 있었는데, 그 수가 상당히 많았다. 왜냐하면 그레고르의 아버지는 아침 식사를 하루 식사 중 가장 중요하게 여겨, 여러 종류의 신문을 읽어가며 몇 시간 동안이나 식사했기 때문이다. 맞은편 벽에는 군대 시절의 그레고르 사진이 걸려 있었다. 사진 속 그는 소위로서 한 손에 검을 든 채 걱정 없는 표정으로 웃으며 자신의 자세와 제복에 경의를 표하고 있었다. 복도로 향하는 문이 열려 있었고 아파트 현관문도 열려 있었다. 그래서 아파트의 층계참과 계단이 시작되는 곳도 훤히 보였다.

"그럼, 이제."

그레고르는 자신이 유일하게 평정심을 유지하고 있다는 걸 알아차렸다.

"곧장 옷을 챙겨 입고, 샘플을 챙겨서 출발할게요. 제가 출발할 수 있게 허락해주실 거죠? 보고 계시나요, 지배인님? 저는 고집이 세지도 않아요. 그리고 일하는 걸 좋아한답니다. 출장 다니는 건 고단하죠. 하지만 일을 하지 않고서는 먹고살 수 없는걸요. 그럼 어디로 가면 될까요? 사무실로 가면 되나요? 맞아요? 모든 걸 정확하게 보고해주실 거죠? 누구나 일시적으로 일할 수 없는 상황이 올 수 있잖아요. 그럴 때야말로 그 사람이 과거에 어떤 성취를 이루었는지 기억해내기에 좋은 때입니다. 나중에 장애물이 사라지고 나면 그 사람은 분명히 더욱 집중해서 부지런하게 일할 것이라는 사실을 고려해주세요. 지배인님도 아시겠지만, 저는 부모님과 누이를 돌보아야 할 뿐만 아니라 사장님께 큰 빚을 지고 있습니다. 그런 제가 이런 힘든 상황에 빠져버렸어요. 하지만 저는 다시 일하러 나갈 겁니다. 이미 힘든 저를 더 힘들게 하진 말아주세요. 회사에서 제 반대편에 서지도 말아주세요. 출장 외판원을 아무도 좋아하지 않는다는 건 알고 있습니다. 사람들은 우리가 풍족한 생활을 하면서 돈을 많이 번다고 생각하니까요. 하지만 그건 그저 편견이며 사람들은 편견을 바꿀 생각도 없어 보입니다. 하지만 지배인님은 다른 사람들보다 더 나은 통찰력을 가지고 있잖아요. 용기 내어 말하자면 사장님보다도 더 통찰력이 있다고 생각합니다. 아무래도 사장님 같은 사업가는 직원들을 잘못 생각하거나, 그들에게 더 가혹한 판단을 내리기 쉽잖아요. 하지만 지배인님은 출장 외판원들이 사무실을 떠나 일 년 내내 밖을 떠돌아다닌다는 걸 잘 알고 있지요. 그래서 우리가 근거 없는 불평과 소문의 희생자가 되기 쉽다는 것도 잘 알고 있을 겁니다. 우린 그런 것들로부터 자신을 방어하는 게 거의 불가능합니다. 그런 것들을 들을 기회도 없기 때문이에요. 출장을 끝내고 지쳐서 집에 돌아왔을 때 무엇 때문에 생겼는지도 모를 원인 때문에 몸에 나쁜 결과가 나왔다는 것만 느낄 수 있을 뿐이지요. 그러니 그냥 가버리지 마시고, 제가 적어도 어느 정도는 옳다는 말 한마디만 해주세요!"

그러나 지배인은 그레고르가 이야기를 시작하자마자 이미 돌아서서는 떨리는 어깨 너머로 그를 돌아보며 입술을 꽉 오므린 채 방에서 나가고 있었다. 그레고르가 말하는 동안 그는 그레고르에게서 눈을 떼지 않은 채 계속 슬금슬금 문 쪽으로 다가갔다. 그는 방에서 나가는 게 금지된 일이라도 되는 양 아주 서서히 움직였다. 그러다 복도에 다다르자, 발바닥에 불이라도 붙은 듯 움직임이 돌연 빨라졌다. 그는 거실을 벗어나자마자 미친 듯이 내달렸다. 그리고 오른손을 쭉 내밀었다. 마치 계단 밖에 그를 구하려고 기다리고 있는 초자연적인 힘이라도 있는 것처럼 말이다.

그레고르는 회사에서 자신의 위치가 극도로 위험해지지는 않는다고 해도, 지배인을 이런 식으로 떠나게 놔둘 수는 없다고 생각했다. 하지만 부모님은 이런 걸 잘 이해하지 못했다. 몇 년의 시간 동안 그들은 이 직업이 그레고르의 평생직장이라는 확신이 있었고, 더불어 현재 걱정할 게 너무 많아 미래에 대해서는 생각하지 않게 돼버린 것이다. 그러나 그레고르는 미래를 생각할 수밖에 없었다. 지배인을 붙잡고, 그를 진정시킨 후 자기편으로 설득해야만 했다. 그레고르와 가족의 미래가 거기에 달려 있었으니까! 누이라도 여기에 있었더라면! 누이는 똑똑했다. 그레고르가 등을 대고 가만히 누워 있을 때도 그녀는 벌써 울고 있었다. 그리고 지배인은 여자를 좋아하니까 누이라면 그를 설득할 수 있었을 것이다. 현관문을 닫아걸고 충격받은 그에게 말을 걸었을 것이다. 하지만 누이는 거기에 없었고, 그레고르는 혼자 해결할 수밖에 없었다. 그레고르는 현재 상태에서 자신의 운동 능력을 생각하지도 않은 채, 자신의 말이 여전히 알아들을 수 있는 것인지 아닌지 고려하지도 않은 채, 일단 열린 문틈으로 몸을 비집어 넣었다. 그리고 양손으로 어색하게 난간을 붙잡고 있는 지배인을 붙잡으려 했다. 그러나 그레고르는 곧장 걸려 넘어지고 말았고, 뭔가 붙잡을 걸 찾는 동시에 비명을 지르면서 수많은 작은 다리로 바닥에 엎어졌다. 그날 처음으로 그는 자기 몸에 이상이 없다는 걸 느꼈다. 작은 다리 밑으로 단단한 바닥이 느껴졌다. 다리들은 그가 기뻐하는 걸 눈치라도 챈 듯 그에게 완전히 복종했다. 그래서 그가 원하는 방향으로 그를 곧장 옮겨주었다. 그리고 그는 곧 자신의 모든 고통이 머지않아 완전히 끝나리라는 것을 믿게 되었다. 그는 마구 움직이고 싶다는 욕구를 억누른 채 바닥에 바짝 엎드려 좌우로만 움직이고 있었다. 한편 어머니는 그에게서 멀지 않은 곳에 있었다. 정신을 잃은 줄만 알았던 어머니가 갑자기 두 팔을 번쩍 벌리고 벌떡 일어나더니 소리쳤다.

"도와주세요, 제발, 도와주세요!"

그녀가 머리를 들고 있는 모습만 보면 그레고르를 더 제대로 보려고 하는 것 같았지만, 서둘러 뒷걸음질을 치는 걸 보면 그를 보고 싶어 하지 않는 것 같기도 했다. 그녀는 아침 식사를 하던 탁자가 뒤에 있다는 것도 잊어버리고, 자기가 뭘 하는지도 모른 채 탁자에 앉아버렸다. 그러는 사이 커피 주전자는 쓰러졌고 카펫 위로 커피가 콸콸 쏟아졌다.

"어머니, 어머니."

그레고르가 그녀를 보며 다정하게 말했다. 그 순간만은 지배인의 존재는 완전히 잊어버렸다. 그 대신 쏟아지는 커피를 보며 자기도 모르게 허공을 향해 여러 차례 입을 쩍쩍 벌렸다.

그 모습에 어머니는 다시 한번 비명을 지르며 탁자에서 달아났고, 어머니를 향해 달려온 아버지의 품으로 쓰러졌다. 하지만 그레고르는 부모님과 그러고 있을 시간이 없었다. 지배인이 벌써 계단에 다다랐기 때문이다. 지배인은 그의 턱이 난간 높이 정도에 다다랐을 때 마지막으로 뒤를 돌아보았다. 그레고르는 그를 향해 달려갔다. 그를 붙잡고 싶었다. 지배인도 뭔가를 예상했는지 단번에 계단 여러 개를 뛰어 내려가며 사라졌다. 계단 전체에 그의 비명 소리가 가득 찼다. 안타깝게도 도망치는 지배인의 모습이 그레고르의 아버지마저 극심한 공포로 밀어 넣었다. 지금까지는 나름대로 자제력 있는 모습을 보였던 아버지가 이제는 지배인을 쫓아 달려가거나 그레고르가 지배인을 쫓아가는 것을 막지 않는 대신, 오른손에 지배인의 지팡이(지배인이 모자, 코트와 함께 의자 위에 두었던 것이다)를 집어 든 것이다. 그는, 왼손에는 탁자 위에 있던 커다란 신문지를 든 채 발을 쿵쿵 구르며 그레고르를 자기 방으로 몰아넣었다. 그레고르가 그러지 말라고 애원해도 소용이 없었다. 사실, 그의 애원을 아버지는 이해할 수 없었다. 그가 머리를 이리저리 움직일수록 아버지는 더 거세게 발을 굴리기만 할 뿐이었다. 건너편에서는 그레고르의 어머니가 날씨가 쌀쌀한데도 창을 활짝 연 채, 창밖으로 몸을 내밀고 두 손으로 자신의 얼굴을 가리고 있었다. 거리에서 계단 쪽으로 찬바람이 훅 들어와 커튼은 흩날렸으며 탁자 위에 있던 신문 몇 장이 바닥으로 흩어졌다. 하지만 그레고르의 아버지를 막을 수는 없었다. 그는 정신 나간 사람처럼 쉭쉭, 하는 소리를 내며 그레고르를 방으로 몰았다. 하지만 그레고르는 뒤로 움직이는 방법은 전혀 연습하지 못했기에 매우 천천히 움직일 수밖에 없었다. 그레고르가 돌아설 줄만 알았다면 곧장 자기 방으로 돌아갔겠지만 그럴 수 없어 겁이 났다. 시간이 오래 걸리니 아버지가 참지 못하고 언제라도 손에 들고 있는 지팡이로 그의 등이나 머리를 세게 가격할 수 있었기 때문이다. 뒤쪽 방향으로 곧장 움직이는 법은 도저히 알 수 없었지만 그래도 결국 그레고르는 어쩔 도리가 없었다. 그래서 그는 아버지가 있는 방향을 끊임없이 곁눈질하면서 가능한 한 빨리, 하지만 실제로는 매우 느리게 돌아서기 시작했다. 아버지는 그레고르의 의도를 알아차렸는지 움직이는 그레고르를 방해하지 않았고, 그저 지팡이 끝으로 그레고르가 어느 방향으로 돌아야 할지 멀찌감치에서 지시를 내리기만 했다. 다만 그 참기 힘든 쉭쉭 소리만 내지 않았더라면 좋았을 텐데! 그 소리가 그레고르를 허둥대게 만들었기 때문이다. 연방 쉭쉭, 하는 소리를 들으며 거의 돌아섰지만 실수로 생각보다 더 많이 돌아버렸다. 다행히 머리가 문 입구에 다다랐지만, 문은 너무 좁았고 어려움 없이 문을 통과하기엔 그의 몸이 너무 넓적했다. 그러나 지금 아버지의 정신상태로는 그레고르가 문을 통과하기 쉽게 쌍여닫이문 한쪽을 마저 열어 주어야겠다는 생각은 미처 하질 못했다. 그는 그저 그레고르를 최대한 빨리 방 안에 몰아넣어야겠다는 생각에만 사로잡혀 있었다. 그레고르가 문을 통과하기 위해서는 그 준비 단계로 몸을 똑바로 세워야 했지만, 아버지는 그 시간조차 허락하지 않았다. 그는 아까보다 더 시끄럽게 소리를 내면서 그레고르 앞을 가로막고 있는 게 아무것도 없는 것처럼 아들을 더 심하게 떠밀었다. 뒤에서 들려오는 소리가 더 이상 하나밖에 없는 아버지의 목소리가 아닌 것처럼 느껴졌다. 이제 정말 장난할 때가 아니었다. 그레고르는 무슨 일이 생겨도 모르겠다는 심정으로 자기 몸을 문에 쑤셔 넣었다. 그는 몸 한쪽이 들린 채로 문에 비스듬하게 끼어 있었다. 그의 배가 하얀 문에 긁혀서 심각하게 다쳤고 문에는 극도로 불쾌한 갈색 오물이 묻었다. 그는 꼼짝달싹하지 못했고 혼자서는 도저히 움직일 수가 없었다. 한쪽에 나란히 나 있는 작은 다리들이 바람에 파르르 떨리고 있었고 반대편 다리들은 땅바닥 사이에 고통스럽게 끼어 있었다. 이내 그의 아버지가 문에 끼어 있는 그를 뒤에서 힘껏 밀어주었고, 그는 심하게 피를 흘리며 방 안쪽으로 날아갔다. 아버지가 지팡이로 문을 쾅 닫았다. 마침내 사방이 조용해졌다.

II

저녁이 되어 어두워지고 나서야 그레고르는 혼수상태와 같은 깊은 잠에서 깨어났다. 푹 자고 충분히 휴식을 취했기 때문에 누가 방해하지 않더라도 곧 잠에서 깰 상황이었다. 급한 발소리와 앞방으로 이어지는 문이 조심스럽게 닫히는 소리에 그는 잠에서 깨어났다. 거리의 전기 가로등 불빛이 방 안 천장과 가구 위를 희미하게 비추고 있었지만, 그레고르가 누워 있는 바닥은 캄캄했다. 그는 건넛방에서 무슨 일이 일어나고 있는 건지 알아보려고 문 쪽으로 다가갔다. 그제야 슬슬 그 용도를 알 것 같은 더듬이를 이용하여 어설프게나마 앞을 더듬거렸다. 왼쪽 옆구리에는 심하게 긁힌 상처가 하나 있는 것 같았고, 다리 두 쌍도 몹시 절름거렸다. 다리 하나는 아침의 일로 심각하게 다쳐서 질질 끌고 다닐 수밖에 없었다. 그러나 다리 하나만 다친 건 거의 기적에 가까운 일이었다.

그는 문 앞에 도착하고 나서야 실제로 무엇이 그를 여기까지 끌어당겼는지 알 수 있었다. 그건 바로 먹을 것 냄새였다. 문 옆에는 작은 흰 빵 조각을 둥둥 띄워 놓은 달콤한 우유 그릇이 있었다. 지금 그는 아침보다 훨씬 더 배가 고픈 상태였기에 기뻐서 웃음이 나올 지경이었다. 그는 눈 위까지 다 잠길 정도로 우유 안에 머리를 처박았다. 하지만 곧 그는 실망한 채머리를 벌떡 들었다. 일단 음식을 먹지 못할 정도로 옆구리 통증이 컸다. 온몸을 실룩거리며 다 같이 움직여야 겨우 무언가를 먹을 수 있었기 때문이다. 게다가 우유가 너무 맛이 없었다. 우유는 원래 그가 가장 좋아하던 음료였고 누이도 바로 그런 이유로 갖다 놓은 모양이었지만, 자신의 의지와는 달리 그는 그릇에서 물러났다. 그리고 그냥 다시 방 가운데로 기어갔다.

문틈 사이로 거실에 밝혀 놓은 가스등이 보였다. 원래 이 시간이면 늘 아버지는 석간신문을 펼쳐놓고 앉아 그레고르의 어머니에게 큰 소리로 신문을 읽어주곤 했다. 하지만 지금은 아무런 소리도 들리지 않았다. 그레고르의 누이도 이 신문 읽기에 대해 종종 편지를 쓰고 이야기도 하곤 했는데, 아무래도 아버지가 최근에 이런 습관을 버린 모양이었다. 아파트에 분명히 사람이 있는 것 같은데도 심하게 조용했다.

"이 가족들은 얼마나 조용한 삶을 사는 거야."

그레고르는 혼잣말하며 어둠 속을 응시했다. 그는 누이와 부모님이 이런 좋은 집에서 생활할 수 있게 해주는 자신에게 엄청난 자부심을 느꼈었다. 하지만 이런 평화와 부, 안락함이 끔찍하고 무서운 끝을 맞이하게 된다면 어떻게 해야 할까? 그레고르는 이런 생각에 깊이 빠져들고 싶지 않았다. 그래서 방 안을 이리저리 기어다니며 움직이기 시작했다.

긴 저녁 시간 동안 단 한 번, 방문이 빼꼼 열렸다가 다시 급히 닫혔다. 잠시 후 다른 문에서도 똑같은 일이 일어났다. 누군가가 방에 들어오고 싶어 하다가 다시 생각을 바꾼 모양이었다. 그레고르는 문 옆으로 가서 기다렸다. 어떻게 해서든 겁많은 방문객을 방 안으로 끌어 들이거나 적어도 누구인지 알아낼 심산이었다. 하지만 문은 밤새 열리지 않았고 그레고르의 기다림도 허탕이 되었다. 문이 잠겨 있던 아침만 해도 모두가 방에 들어오길 원하더니, 이제는 문이 열려 있는데도 누구 하나 들어오지 않았다. 한쪽 문은 그레고르가 직접 열었고, 반대쪽 문도 분명 낮 동안 열렸을 텐데 말이다. 이젠 오히려 바깥쪽에서 자물쇠를 걸고 있는 모양이었다.

늦은 밤이 되어서야 거실 가스등이 꺼졌다. 부모님과 누이도 이 시간까지 깨어 있었던 모양이다. 그때 살금살금 멀어지는 그들의 발소리가 분명히 들렸다. 이제 아침까지는 더 이상 그 누구도 그레고르의 방에 들어올 일이 없었다. 그레고르도 이제 방해받지 않는 시간을 충분히 갖게 되었으니, 자신의 삶을 어떻게 재조정해야 할지 고민할 수 있었다. 바닥에 납작 엎드려 있어야 하다 보니 그가 강제로 갇혀 있게 된 높고 텅 빈 방이 어쩐지 불편하게 느껴졌다. 이 방에서 5년이나 생활을 했는데도 말이다. 그는 약간의 수치심 외에는 자기 행동을 거의 의식하지도 못한 채 소파 밑으로 기어들어 갔다. 소파가 등을 살짝 눌렀고 머리를 들 수도 없었지만, 그레고르는 곧바로 편안함을 느꼈다. 몸이 너무 넓적해서 소파 밑에 몸을 다 숨길 수 없다는 점만이 아쉬울 따름이었다.

그레고르는 밤새 거기에 있었다. 이따금 선잠이 들기도 했지만, 허기 때문에 빈번히 깼다. 걱정도 하고 막연한 희망을 품기도 하며 시간을 보냈지만, 결국 결론은 늘 똑같았다. 당분간은 조용히 지내야 한다는 것, 인내심과 배려를 보여줘야 한다는 것이었다. 그래야 가족들이 지금 자기 상태를 보고 느낄 수밖에 없는 불쾌감을 그나마 참아낼 수 있을 것 같았기 때문이다.

다음 날 새벽 일찍, 그레고르는 자신의 결정을 실험해볼 기회를 얻게 되었다. 어둠이 완전히 가시기도 전, 누이가 옷을 차려입고 긴장한 모습으로 방문을 열었다. 그녀는 그를 곧바로 찾아내지는 못했다. 하지만 그가 소파 밑에 있는 걸 발견하자 (그도 어딘가에 있어야 했다. 아니, 그가 어디로 날아갈 수는 없지 않겠

는가) 너무 놀라 자제심을 잃고 문을 쾅 닫으며 밖으로 나가버
렸다. 하지만 그녀는 자기 행동이 후회되었는지, 이내 문을 다
시 열고 심각하게 아픈 사람이나 낯선 사람의 방에 들어오는
것처럼 살금살금 들어왔다. 그레고르는 소파 가장자리로 고개
를 내밀고 그녀를 쳐다보았다. 누이는 우유를 남긴 걸 알아챌
까? 배가 고프지 않아서 남긴 게 아니라는 걸 깨달을까? 좀 더
적절한 다른 음식을 갖다줄까? 만약 그렇게 해주지 않는다고
해도 그녀의 관심을 끄느니 차라리 배가 고픈 편이 나을 것 같
았다. 물론 마음 같아서는 소파 밑에서 달려 나가 누이의 발을
붙잡고 맛있는 걸 달라고 구걸하고 싶은 생각이 굴뚝 같았지
만 말이다. 누이는 곧바로 그릇을 발견했고 주변에 우유가 몇
방울 흘렀을 뿐 거의 남아 있는 걸 보고 의아해했다. 그녀는
맨손 대신 낡은 행주를 이용해 그릇을 집어 들고 나갔다. 그레
고르는 그녀가 우유 대신 무얼 가져다줄지 너무나 궁금해하며
별별 것들을 상상해보았지만, 실제로 착한 누이가 뭘 갖고 올
지는 알 수가 없었다. 그녀는 그의 입맛을 시험해보기 위해 온
갖 것을 가지고 와서는 낡은 신문지 위에 펼쳐놓았다. 오래되
어 반쯤 썩은 채소도 있었고, 저녁에 먹고 남아 하얀 소스가
말라붙은 뼈다귀도 있었다. 건포도와 아몬드 몇 개, 그레고르
가 이틀 전 못 먹겠다고 했던 치즈, 마른 롤빵, 버터와 소금이

발린 빵도 있었다. 그리고 그 옆에는 그레고르 전용으로 마련한 듯한 그릇에 물도 담겨 있었다. 그런 다음 자기가 있으면 그레고르가 아무것도 먹지 않으리라는 걸 알고 있는 듯 그레고르의 기분을 생각해서 얼른 방을 나가버렸다. 심지어 방문 자물쇠도 잠가버렸다. 마치 원하는 만큼 편하게 음식을 먹어도 된다는 걸 알려주는 것 같았다. 그레고르는 작은 다리를 퍼덕거렸다. 마침내 뭔가를 먹을 수 있었다. 게다가 움직이는 데 아무런 어려움이 느껴지지 않는 걸 보니 상처도 벌써 말끔히 나은 모양이었다. 이 사실이 너무 놀라웠다. 한 달도 더 전에 칼에 베인 손가락이 그저께까지도 낫지 않았기 때문이다.

'예전보다 덜 민감한 몸이 된 건가?'

그는 생각했다. 그러면서 그는 이미 탐욕스럽게 치즈를 해치우기 시작했다. 신문지 위에 놓인 다른 음식들보다 훨씬 더 즉각적으로, 거의 눈을 뗄 수 없게 만든 것이 바로 치즈였다. 그의 두 눈엔 차례로 기쁨의 눈물이 차올랐고 그는 치즈에 이어 채소와 소스도 먹어 치웠다. 반면 신선한 음식들은 전혀 마음에 들지 않았다. 심지어 냄새를 견딜 수가 없어서 신선한 음식들은 멀찌감치 밀어두고 싶기까지 했다. 그가 식사를 끝낸 후 무기력하게 한참을 누워 있던 중, 누이가 자물쇠에 열쇠를 넣고 천천히 돌렸다. 그에게 어서 도망을 치라는 신호를 보내는 것 같았다. 반쯤 잠이 들었던 그는 깜짝 놀라 다시 소파 밑으로 잽싸게 들어갔다. 누이가 방에 들어와 있는 시간이 짧았음에도 소파 밑에 숨어 있으려면 크나큰 자제력이 필요했다. 너무 많은 음식을 먹은 탓에 몸이 살짝 통통해져서 그 좁은 틈에서는 숨을 쉬기가 힘들었던 것이다. 그는 반쯤 숨이 막힌 채로 툭 튀어나온 눈으로 누이를 관찰했다. 그녀는 남의 눈은 의식하지 않고 빗자루를 가지고 와 먹다 남은 음식을 싹 쓸어버렸다. 어차피 더 이상 사용하지 않을 모양인지 그가 손대지 않은 것까지 다 모아서 치워버렸다. 그녀는 쓸어 담은 것을 바로 쓰레기통에 넣고 나무 뚜껑을 덮은 뒤 몽땅 가지고 나갔다. 그녀가 완전히 사라지고 나서야 그레고르는 소파 밑에서 나와 기지개를 켰다.

이제 그레고르는 매일 이런 식으로 음식을 받아먹었다. 부모님과 하녀가 잠들어 있는 아침 시간에 첫 번째 끼니를, 모두가 점심 식사를 다 마친 후에 두 번째 끼니를 먹었다. 그 시간이면 부모님은 잠시 낮잠을 자곤 했고, 하녀는 누이의 심부름을 하러 나갔다. 그레고르의 아버지와 어머니는 당연히 그가 굶어 죽기를 원하지 않았다. 하지만 밥 주는 것에 대한 이야기만 들을 수 있을 뿐 그 이상의 경험은 견딜 수 없었을 거다. 누이도 이미 고통을 겪고 있는 부모님을 위해 자신이 겪는 고충을 분담하고 싶지 않았을 것이다.

가족들이 의사와 열쇠공에게 뭐라고 말하며 그들을 아파트에서 내보냈는지 그로서는 알 길이 없었다. 그 누구도 그가 하는 말을 이해할 수 없었기에, 그가 사람들이 하는 말을 다 이해하고 있는 줄은 아무도, 심지어 누이마저도 몰랐다. 그래서 그는 누이가 방을 들락거리며 한숨을 쉬거나 성자에게 기도를 드리는 걸 듣는 정도로 만족해야 했다. 어느 정도 시간이 흐른 후에야 누이는 모든 것에 좀 더 익숙해졌고(물론 이 상황에 완전히 익숙해질 수는 없었다) 그레고르도 상냥한 말, 적어도 상냥하다고 이해할 수 있는 말을 들을 수 있게 되었다.

"오늘 저녁은 맛있게 먹었나 보네."

그가 음식을 모두 먹어 치우자, 그녀는 이렇게 말했다. 또는 그가 음식을 많이 남겼을 때는(이런 일이 점점 더 잦아졌다) 슬픈 목소리로 이렇게 말하기도 했다.

"또 그대로 다 남겨놨네."

그레고르는 그 어떤 소식도 직접적으로 들을 수 없었지만, 옆방에서 무슨 말을 하는지는 대개 엿들을 수 있었다. 누군가의 말소리가 들리기만 하면 그는 곧장 소리 나는 문으로 기어가 문에 바짝 붙었다. 특히 처음에는 비밀리에 나누는 대화라도 모두 그와 관련된 것들이었다. 이틀 내내 식사 시간마다 하는 이야기라고는 앞으로 어떻게 해야 할지에 관한 것뿐이었다. 식간 시간에도 집 안에 가족이 두 명 이상 모이기만 하면 똑같은 주제를 가지고 이야기했다. 아무도 집에 혼자 남고 싶어 하지 않았다. 그렇다고 집은 완전히 비워놓고 나가는 것도 불가능했다. 그리고 하녀는 사건 첫날부터 그레고르 어머니 앞에 무릎을 꿇고 당장 자신을 내보내달라 애원했다. 하녀가 지금 상황에 대해 얼마나 많이 알고 있는지는 확실치 않았다. 하지만 15분도 안 되어 그녀는 집을 나섰다. 그리고 자신을 해고 해준 것이 어마어마한 은혜라도 되는 양 그레고르 어머니에게 눈물을 흘리며 감사했다. 심지어 그녀는 누구 하나 부탁한 적 없는데도 집에서 일어난 일에 대해 일언반구도 하지 않겠다며 철석같이 맹세하고 갔다.

이제 그레고르의 누이도 어머니를 도와 요리를 할 수밖에 없었다. 많이 먹는 사람이 없어서 크게 힘든 일은 아니었지만 말이다. 그레고르는 종종 가족들이 서로에게 먹을 걸 권하는 소리를 듣곤 했다. 하지만 돌아오는 대답은 '아니, 배불러'나 그 비슷한 것뿐이었다. 술을 많이 마시는 사람도 없었다. 누이는 술 심부름을 나갈 기회를 얻기 위해 때때로 아버지에게 맥주를 권하곤 했다. 아버지가 아무 대답이 없으면 누이는 관리인을 보내 사 오라고 시킬까 묻기도 했지만, 아버지는 큰 소리로

"아니"라고 대답했고 그대로 대화가 끊겼다.

사건의 첫날이 완전히 저물기도 전, 아버지는 그레고르의 어머니와 누이에게 그들의 재정 상태와 전망에 관해 설명했다. 아버지는 때때로 탁자에서 일어나, 5년 전 사업이 망했을 때부터 보관하고 있던 작은 금고에서 영수증이나 서류를 꺼내왔다. 그레고르는 아버지가 복잡한 자물쇠를 여는 소리, 그리고 원하는 걸 꺼낸 뒤 다시 같은 방식으로 자물쇠를 잠그는 소리를 들었다. 아버지가 한 이야기는 그가 자신의 방에 감금된 이후로 들은 최초의 희소식이었다. 그는 아버지가 사업을 정리한 뒤 남겨놓은 게 아무것도 없는 줄로만 알았다. 아버지가 그런 이야기를 전혀 하지 않았던 데다 그레고르 역시 그런 질문을 한 적이 없기 때문이다. 사업상의 불행 때문에 그들의 가족은 완전한 절망 상태에 빠졌고, 당시 그레고르의 유일한 관심사는 어서 이 상황을 정리하여 가족들이 최대한 빨리 고통을 잊도록 하는 것이었다. 그래서 그는 유난히 열심히 일하기 시작했다. 불타는 열정 덕분에 그는 순식간에 하급 외판원에서 출장 외판원 대표로 승진했고, 전과는 상당히 다른 방식으로 돈을 벌 기회를 얻게 되었다. 그레고르는 현금 수수료 형태로 돈을 벌어 왔고, 놀라며 기뻐하는 가족들을 위하여 집에 돌아오면 탁자 위에 돈을 펼쳐놓았다. 참 좋은 시절이었다. 이후 그레고르가 온 가족의 생계를 책임질 수 있는 위치가 되어 실제로 모든 비용을 부담하게 되었음에도, 그때만큼 화려한 시기는 다시 오지 않았다. 그레고르와 가족 모두 이런 상황에 익숙해졌다. 그들은 감사하게 돈을 받았고 그도 기쁘게 돈을 제공했다. 하지만 더 이상 그 보답으로 따뜻한 애정이 오고 가지는 않았다. 그레고르는 누이랑만 계속 가깝게 지냈다. 그와 달리 누이는 음악을 매우 좋아한, 재능 있고 표현력이 풍부한 바이올리니스트였다. 누이를 내년에 음악 학교에 보내는 것이 그의 비밀 계획이었다. 비록 비용은 어마어마하게 들겠지만 어떻게든 메꿀 수 있으리라 생각했다. 그레고르가 잠깐씩 집에 머물 때마다 누이와의 대화 주제는 종종 음악 학교 쪽으로 흘러가곤 했다. 하지만 그것은 결코 이루어질 수 없는 사랑스러운 꿈으로써 언급될 뿐이었다. 부모님은 이런 천진난만한 대화를 듣는 걸 좋아하지 않았다. 하지만 그레고르는 이 문제를 심각하게 고민했고 크리스마스 날 자신의 계획을 진지하게 선언할 계획이었다.

그는 지금 이 상태로 문에 똑바로 기대어 서서 귀를 기울이며, 이런 부질없는 생각을 하고 있었다. 그러다 보면 너무 피곤해서 귀를 기울이고 있기가 힘들 때가 있었다. 힘없이 문에 머리를 부딪히고는 깜짝 놀라 다시 머리를 들곤 했다. 이런 작은 소리도 옆방에 그대로 들리는지 그럴 때면 가족들도 일제히 입을 다물었다.

"지금 뭔가 하나 보군."

한참 뒤 아버지는 문 쪽을 향해 이렇게 말하곤 했다. 그리고 멈췄던 대화가 천천히 다시 시작되었다.

아버지는 뭔가 설명을 할 때면 몇 번이나 반복해서 말하곤 했다. 이 문제에 대해 고민한 지 오래되었기 때문에 그러기도 했고, 그레고르의 어머니가 처음부터 한 번에 다 이해하지 못했기 때문에 그러기도 했다. 반복되는 설명 덕분에 그레고르는 제대로 알 수 있게 되었다. 한때 불행을 겪었음에도 다행히 쓸 수 있는 돈이 어느 정도 남아 있다는 사실을 말이다. 그리 많지는 않았지만, 한동안 건드리지 않고 두었던 탓에 어느 정도 이자가 쌓였다고 했다. 그 외에도 그레고르가 매달 집에 가져다주는 돈을 모조리 써버리지 않고 그를 위해 조금씩 모아둔 것이 쌓여 있었다. 문 뒤에 선 그레고르는 예상치 못한 절약과 신중함에 무척 기뻐하며 고개를 끄덕였다. 그랬다면 이렇게 남는 돈으로 아버지가 사장님에게 진 빚을 갚아버렸을 것이다. 그러면 직장을 그만두고 자유로워질 날이 더 가까워졌을 테니 말이다. 하지만 지금 와서 보니 아버지의 방식이 훨씬 더 나은 것 같았다.

그러나 지금 돈은 이자만 가지고 가족들이 먹고살기엔 충분하지 않았다. 당장 생계를 유지하기엔 충분할지 몰라도 일이 년 후엔 바닥날 돈이었다. 즉 그것은 비상 상황을 대비해 보관하면서 건드리지 말아야 할 돈이고, 생계를 위한 돈은 새로 벌어야만 했다. 아버지는 건강하지만 너무 나이가 들었고, 자신감이 부족했다. 그는 5년간 전혀 일을 하지 않았기에(힘들기만 하고 성공은 하지 못한 인생에서의 첫 휴가였다) 살이 많이 쪄버려서 움직임이 너무 굼떴다. 그럼 그레고르의 늙은 어머니가 나가서 돈을 벌어 와야 할까? 어머니는 천식을 앓고 있어서 집 안에서 움직이는 것만으로도 힘들어했다. 하루걸러 한 번씩 열린 창문가의 소파에 앉아 힘겹게 호흡하며 시간을 보내곤 했다. 그럼 누이가 나가서 돈을 벌어야 할까? 그녀는 겨우 열일곱 살난 어린아이였다. 지금까지 그녀의 삶이란 좋은 옷을 입고, 늦잠을 자고, 가끔 집안일을 도와주고, 이따금 소박한 즐거움을 느끼고, 무엇보다도 바이올린을 연주하는 것이 다인 부러운 삶일 뿐이었다. 가족들이 돈을 벌어야 한다는 이야기를 시작할 때마다 그레고르는 문에서 벗어나 그 옆에 있는 차가운 가죽 소파 위에 몸을 던졌다. 부끄러움과 후회로 몸이 달아올랐다.

그레고르는 밤새 소파에 누워 몇 시간 동안 가죽만 긁어대며 뜬눈으로 밤을 지새우곤 했다. 아니면 온 힘을 다해 의자를 창가로 끌고 간 뒤 창틀에 기어오르거나 의자에 앉은 채로 창문에 기대어 밖을 내다보곤 했다. 그는 이런 행동으로 엄청난 자유를 느끼곤 했으나, 지금은 자유를 경험하기보다는 기억하는 쪽이었다. 그래서인지 창가에서 바라보는 풍경 역시 상당히 가까운데도 나날이 점점 불분명해졌다. 그는 길 건너 항상 존재하는 병원 풍경에 악담을 퍼부었지만, 지금은 병원이 전혀 보이지도 않았다. 도시 한가운데임에도 조용한 샬로텐슈트라세에 살고 있다는 걸 알지 못했더라면, 회색 하늘과 회색 땅이 구분되지 않게 뒤섞인 척박한 땅을 내다보고 있다고 생각했을지도 모른다. 관찰력 있는 누이는 의자가 옮겨진 걸 겨우 두 번 목격하고는, 방을 청소한 뒤 정확히 창가 제자리에 의자를 갖다 놓곤 했다. 심지어 그때부터 안쪽 창문을 열어두기까지 했다.

누이가 그렇게 해주는 모든 것에 대해 고마움을 전할 수만 있다면 그로서도 훨씬 견디기 편했겠지만, 그러지 못해 고통스러웠다. 누이는 가능한 한 전혀 힘들지 않다는 듯 행동하려고 노력했다. 그리고 실제로도 시간이 갈수록 점점 더 일을 잘하게 되었다. 하지만 시간이 흐르며 그레고르 역시 많은 것을 훨씬 잘 꿰뚫어 볼 수 있게 되었다. 그러다 보니 누이가 방에 들어올 때마다 그는 매우 불쾌해졌다. 누이는 방에 들어오자마자 아무도 그레고르의 방을 보게 할 수 없다는 듯 급히 문을 잠갔다. 그리고 곧장 창가로 가서 숨이 막혀 죽을 것 같은 사람처럼 서둘러 창문을 열었다. 밖이 아무리 추워도 그녀는 창가에서 한참을 심호흡했다. 그녀는 하루에 두 번씩 우왕좌왕 소란을 피우며 그레고르를 놀라게 했다. 그러면 그동안 그는 소파 밑에서 벌벌 떨고 있어야 했다. 그는 누이도 분명히 그의 시련을 덜어주고 싶어 한다는 걸 너무 잘 알고 있었다. 하지만 그녀로서는 그와 같은 방에서 창문을 닫아놓고 있는 게 불가능한 모양이었다.

그레고르가 변신한 지 한 달쯤 지난 어느 날, 이제 그의 누이도 그의 외형을 보고 딱히 놀라지 않을 시기가 된 것 같았다. 한번은 누이가 평소보다 조금 일찍 방에 들어왔다가 꼼짝하지 않고 창밖을 내다보는 그레고르와 마주친 적이 있었다. 누이가 방에 들어오지 않는 게 그레고르의 입장에서 놀랍진 않았다. 그가 거기 있는 한 당장 창문을 여는 게 힘들 테니 말이다. 하지만 그녀는 방에 들어오지 않는 정도가 아니라 곧장 다시 나가서 문을 닫아버렸다. 모르는 사람이 봤으면 그가 누이를 위협했거나 물려고 했나 보다 생각할 정도였다. 그레고르는 당연히 바로 소파 밑에 숨어버렸다. 하지만 정오가 지나고 나서야 그녀의 누이는 다시 돌아왔다. 그녀는 평소보다 훨씬 불안해 보였다. 그는 그녀가 여전히 그의 외형을 견디기 힘들어하며, 앞으로도 계속 그럴 것이라는 사실을 깨닫게 되었다. 어쩌면 소파 밑에서 삐죽 튀어나온 그의 몸 일부만 보고도 도망치고 싶은 마음이 굴뚝같은데 억지로 그 욕구를 참고 있는 걸지도 몰랐다. 어느 날 그는 자신의 몸을 완전히 숨기기 위하여 네 시간을 들여 소파 위에 침대보를 씌웠다. 이제 완전히 몸을 가릴 수 있어 누이가 고개를 숙여도 그를 볼 수 없게 되었다. 이 침대보가 필요하지 않다고 생각한다면 그녀가 치워버리면 되는 일이었다. 그레고르가 철저하게 자신의 몸을 숨기는 게 즐거운 일이 아니라는 건 너무나 명백하기 때문이다. 하지만 그녀는 침대보를 그대로 두고 떠났다. 한번은 누이가 마음에 들어 하는지 궁금해서 조심스레 침대보 밖을 내다보았는데 누이가 언뜻 고마움의 눈빛을 보내는 것 같다고 생각하기도 했다.

처음 2주 동안, 그레고르의 부모님은 그를 보기 위해 방에 들어오지 못했다. 종종 새로운 일을 맡게 된 누이에게 고마워하는 말소리만 들릴 뿐이었다. 이전까지 부모님은 그녀를 쓸모없고 짜증만 내는 어린아이로만 생각했다. 하지만 이제는 아버지와 어머니 두 사람 모두 딸이 그레고르의 방을 치우는 동안 문밖에서 그녀를 기다리곤 했다. 그러면 그녀는 방에서 나오자마자 방 안의 모든 것이 어떤 모습인지, 그레고르는 무엇을 먹었는지, 이번엔 그가 어떤 행동을 했는지, 혹시나 약간의 개선점이 보이진 않았는지 정확하게 알려주어야만 했다. 그의 어머니 역시 상대적으로 일찍 그레고르의 방에 들어가 그를 직접 보고 싶어 했지만, 아버지와 누이가 만류했다. 그레고르도 이 모든 것을 세세히 듣고 말리는 이유를 인정했다. 하지만 이후에도 계속 방문 앞에서 저지당하자, 어머니가 소리쳤다.

"들어가서 그레고르를 보게 해줘요! 그 애는 불쌍한 내 아들이라고요! 그 애를 봐야만 하는 내 마음을 이해하지 못하는 건가요?"

그러면 그레고르는 매일은 아니더라도 일주일에 한 번 정도는 어머니가 들어오는 것도 괜찮을 듯하다고 혼자 생각하곤 했다. 어머니가 누이보다 모든 것을 훨씬 더 잘 이해해줄 것 같았기 때문이다. 누이가 큰 용기를 내고 있기는 하지만 아무래도 그녀는 아직 어린아이였고, 자신이 맡은 부담스러운 일에 대해 어른들만큼 이해하지 못하고 있을 수도 있었기 때문이다.

어머니를 보고 싶다는 그레고르의 바람은 곧 실현되었다. 그레고르는 부모님을 생각해서 낮 동안에는 창가에 나타나려 하지 않았다. 하지만 넓이가 2~3제곱미터인 방은 기어다닐 공간이 충분하지 않았고, 밤 동안 가만히 누워 있기만 하는 것도 힘들었으며, 먹는 것도 더 이상 즐겁지 않았기에 그는 벽과 천장을 기어서 오르락내리락하는 버릇을 갖게 되었다. 그는 특히 천장에 매달리는 것을 좋아했다. 바닥에 누워 있는 것과는 상당히 다른 기분이었다. 더 편하게 숨을 쉴 수 있었고, 가볍게 몸이 흔들리는 느낌도 들었다. 천장에서 편안하고 행복하게 있다가 갑자기 천장에서 바닥으로 쿵 하고 떨어지며 스스로 놀라게 할 수도 있었다. 하지만 지금은 예전보다 자기 몸을 잘 제어할 수 있었기에 그렇게 세게 떨어져도 아무런 부상을 입지 않았다. 그의 누이는 곧 그레고르에게 새로운 오락거리가 생겼다는 걸 눈치챘다. 그가 여기저기를 기어다닐 때마다 발에서 나오는 끈적한 물질이 흔적처럼 남아 있었기 때문이다. 그래서 그가 최대한 편하게 다닐 수 있도록 가구, 특히 서랍장과 책상을 치워버리는 게 좋겠다고 생각했다. 하지만 그녀 혼자서 할 수 있는 일이 아니었고 그렇다고 아버지에게 도움을 청할 수도 없었다. 예전 하녀가 떠난 후 열여섯 살 된 새로운 하녀가 씩씩하게 집안일을 도맡아 했지만, 이 일을 도와주진 못할 것이다. 하녀에게는 늘 부엌문을 닫아놓도록 하고 아주 중요한 일이 아니면 절대 문을 열지 못하도록 일러두었기 때문이다. 그래서 그레고르의 누이는 아버지가 없는 시간을 골라 어머니에게 도움을 청하기로 했다. 그녀가 방으로 다가오자, 그레고르는 기쁨을 표현하는 어머니의 목소리를 들을 수 있었다. 하지만 문 앞에 서자 어머니는 입을 다물었다. 처음엔 당연히 누이가 먼저 들어왔다. 그녀는 방 안에 아무 일이 없는지 둘러본 후에야 어머니를 들어오게 했다. 그레고르는 서둘러 소파 밑으로 침대보를 끌어당기고 주름을 만들었다. 아마 자연스럽게 소파 위에 침대보를 던진 것 같은 모양이 되었을 것이다. 그레고르는 침대보 아래에서 밖을 훔쳐보고 싶었지만, 꾹 참고 어머니를 볼 기회를 포기했다. 어머니가 방에 오는 것만으로 기뻤다.

"들어오셔도 돼요. 오빠는 안 보여요."

누이가 어머니의 손을 잡아끌며 말했다. 낡은 서랍장은 연약한 두 여자가 들기에는 너무 무거웠다. 하지만 잠시 후 서랍장을 끄는 소리가 들렸다. 누이는 언제나 힘든 일을 도맡아 했고 무리하지 말라는 어머니의 경고도 무시했다. 한참이 걸렸다. 그런데 15분가량 힘들게 애를 쓴 후 어머니는 서랍장을 원래 자리에 두는 게 좋겠다고 말했다. 우선 너무 무거워서 아버지가 집에 돌아오기 전까지 일을 끝낼 수 없을 것 같고, 그렇다고 방 한가운데 둬버리면 그레고르가 다니는 데 방해가 될 것 같다고 했다. 더군다나 이렇게 가구를 치워버리는 게 정말 그레고르에게 도움이 될지 모르겠다고 말했다. 어머니는 텅빈 벽을 보니 서글퍼진다며 그레고르도 같은 생각을 하지 않겠냐고 했다. 또한 그가 방 안의 가구에 오랫동안 익숙해져 있었기에 가구를 치워버리면 빈방에 버려진 것 같은 느낌을 받을 수도 있을 거라고 했다. 그러고는(그레고르가 어디에 있는지도 모르면서) 그가 듣지 않기를 바라는 듯 속삭이는 목소리로 이렇게 덧붙였다. (물론 그레고르가 자신의 말을 이해하지 못할 거라고 확신하고 있기도 했다.)

"이렇게 가구를 다 치워버리면 그 애가 나아질 거라는 희망을 다 포기한 것처럼 보이지 않겠니? 혼자 살라며 버려두는 것처럼 보이지 않겠어? 방은 예전 그대로 남겨두는 게 최선일 것 같아. 그래야 그레고르가 다시 원래 상태가 되더라도 아무것도 변하지 않았다는 걸 깨닫게 될 테니까. 또한 그래야 훨씬 더 쉽게 그동안의 시간을 잊을 수 있을 거야."

어머니의 말을 듣고 있다 보니 그레고르는 그동안 인간의 직접적인 대화를 듣는 게 얼마나 오랜만인지를 깨닫게 되었다. 그리고 지난 두 달 동안 가족들 때문에 단조로운 생활을 하다 보니 얼마나 이해력이 떨어졌는지도 깨닫게 되었다. 그는 왜 방을 말끔히 치우고 싶은지 설명하고 싶지만, 그럴 방법을 떠올리지 못했다. 그는 진정 물려받은 멋진 가구가 놓여 있는 따뜻한 방을 동굴로 만들어버리고 싶은 걸까? 가구가 없으면 어느 방향으로나 방해 없이 기어다닐 수 있을 것이다. 하지만 그러면 인간이었던 그의 과거를 너무 쉽게 잊어버리게 되지 않을까? 이미 과거를 거의 다 잊어가고 있는데, 그나마 오랫동안 듣지 못했던 어머니의 목소리 덕분에 그는 정신을 차릴 수 있게 되었다. 아무것도 없애서는 안 됐다. 모든 걸 그대로 둬야 했다. 그는 가구가 자신의 상태에 끼치는 좋은 영향력을 없앨 수 없었다. 가구가 아무 생각 없이 기어다니는 걸 힘들게 만든다면 그것은 방해가 아니라 오히려 큰 이득이었다.

그러나 안타깝게도 누이는 생각이 달랐다. 누이는 그레고르와 관련된 일이라면 부모에게 그의 대변인 역할을 하는 데 익숙해져 있었고 그럴 만한 입장이기도 했다. 그래서인지 어머니의 충고를 들은 누이는 처음 생각했던 것처럼 서랍장과 책상을 치우는 데 그치지 않고 꼭 필요한 소파를 제외한 모든 것을 치워야 한다고 주장하기에 이르렀다. 물론 누이가 그런 요구를 하게 된 이유는 어린아이 같은 반항심이나 최근에 얻게된 예상치 못한 자신감만으로는 설명할 수 없었다. 그레고르가 기어다니려면 더 많은 공간이 필요하다는 걸 그녀도 알고있었다. 사실, 누가 보아도 그에겐 더 이상 가구가 필요하지 않았다. 원래 그 나이대 소녀들은 무언가에 열광하기 마련이고 할 수만 있다면 자신의 고집을 꺾지 않으려 한다. 어쩌면 그레테는 그레고르의 상황을 더 충격적으로 만들어놓고 그만큼 자신이 그레고르를 위해 더 많은 걸 해주려고 의도한 것일지도 모른다. 그래야 앞으로도 그레고르가 빈 벽을 혼자 기어다닐 때 방 안에 들어갈 수 있는 유일한 사람으로 남을 수 있기 때문이다.

그래서 그녀는 어머니의 설득을 거부했다. 그레고르의 어머니는 이미 불안해 보였다. 어머니는 그냥 입을 다물고 온 힘을 다해 서랍장 옮기는 걸 도와주었다. 그레고르는 서랍장은 없어도 상관없었지만, 책상은 꼭 있어야 했다. 두 여자가 끙끙거리면서 서랍장을 밀며 방을 나서자, 그레고르는 소파 밑에서 고개를 빼꼼 내밀고 자기가 뭘 할 수 있을지 살펴보았다. 최대한 조심스럽고 사려 깊게 행동하려 했다. 하지만 안타깝게도 방에 먼저 들어온 건 어머니였다. 그레테는 옆방에서 혼자 꿈쩍도 안 하는 서랍장을 껴안고 씨름하는 중이었다. 어머니는 그레고르의 모습에 익숙하지 않았기에 보자면 매우 놀랄 수 있었다. 그래서 그레고르는 얼른 소파 끄트머리 쪽으로 몸을 숨겼다. 하지만 너무 당황한 나머지 침대보가 들썩이는 것까지는 막지 못했다. 펄럭이는 침대보는 어머니의 관심을 끌기에 충분했다. 어머니는 그대로 굳어버렸고, 한동안 그렇게 서 있다가 그레테에게로 달려갔다.

그레고르는 특별한 일이 일어나고 있는 게 아니라고, 그저 가구 몇 개를 옮기는 것뿐이라고 자신을 달래려 했다. 그러나 여자들이 왔다 갔다 움직이고, 그들이 서로를 작은 소리로 부르고, 가구가 바닥에 끌리고 하는 걸 보다 보니 사방에서 공격받는 것 같다는 느낌을 피할 수 없었다. 그는 머리와 다리를 바짝 웅크리고 바닥에 착 엎드린 채, 더 이상은 견디기 힘들다는 사실을 인정해야만 했다. 그들은 그의 방을 비우고 있었다. 그에게 소중한 모든 것을 가지고 나갔다. 실톱과 연장들이 들어 있는 궤짝은 벌써 치워버렸다. 이제 그들은 바닥에 딱 붙어 있는 책상을 옮기려고 하고 있었다. 사회 초년생 때 혹은 고등학생 때, 심지어 초등학생 때도 앉아서 숙제하던 그 책상을 말이다. 그는 이제 두 여자의 의도가 선한 것인지 아닌지 지켜볼 여유가 없었다. 그들이 방에 있다는 사실조차도 거의 잊고 있었다. 두 사람이 이미 너무 지친 나머지 말없이 일하고 있었기에 그레고르의 귀에는 그들의 무거운 발소리만 들릴 뿐이었다.

그리하여 두 여자가 다른 방에서 책상에 기대어 숨을 고르고 있는 사이, 그가 소파 밑에서 뛰쳐나왔다. 그는 제일 먼저 무엇을 구해야 할지 마음을 정하지 못한 채 네 번이나 방향을 틀었다. 그러다 갑자기 벽에 걸려 있는 그림, 커다란 모피를 걸

친 여자의 그림에 시선을 빼앗겼다. 벽에 있던 다른 것들은 이미 싹 사라진 후였다. 그는 그림으로 달려가 유리에 찰싹 달라붙었다. 단단한 유리가 뜨거운 배에 딱 붙자 기분이 좋았다. 이제 그레고르가 껴안고 있는 이 그림만은 그 누구도 치우지 못할 것이다. 그는 어머니와 누이가 돌아오는 걸 확인할 수 있게 고개를 돌려 거실 쪽을 바라보았다.

두 사람은 오래 쉬지 않고 꽤 빨리 돌아왔다. 그레테는 한 팔로 어머니를 감싸서 거의 들어 옮기듯 안고 들어왔다.

"이젠 뭘 내놓을까요?"

그레테는 이렇게 말하며 주위를 둘러보았다. 그러다 벽에 붙은 그레고르를 발견했다. 그녀는 어머니도 거기에 있어서인지 평정심을 유지한 채 어머니가 주위를 둘러보지 못하도록 서둘러 어머니 쪽으로 고개를 기울였다. 그리고 떨리는 목소리로 이렇게 말했다.

"어머니, 잠시 거실로 나가실래요?"

그레고르는 그레테가 무슨 생각인지 알 수 있었다. 어머니를 안전한 곳으로 옮긴 다음 그레고르를 벽에서 내쫓을 생각이었을 것이다. 그리고 그녀는 실제로 그렇게 했다. 하지만 그레고르는 고집스럽게 그림 위에 붙어 있기로 했다. 그레테가 쫓아내려 하면 그녀의 얼굴에 뛰어들 생각이었다.

하지만 그레테의 말에 어머니는 걱정이 되었는지 무슨 일인가 싶어 옆으로 물러났고, 꽃무늬 벽지 위에 있는 커다란 갈색 반점을 발견하고 말았다. 자신이 발견한 게 그레고르임을 깨닫기도 전에 그녀는 비명을 질렀다.

"오, 세상에, 어머나!"

어머니는 두 팔을 쫙 벌린 채 절망한 듯 소파 위로 쓰러졌고 그대로 꼼짝을 못 했다.

"그레고르!"

누이가 그를 노려보며 주먹을 휘둘렀다. 그의 변신 이후 누이가 그에게 직접적으로 말을 한 건 이번이 처음이었다. 누이는 기절한 어머니를 깨울 수 있는 독한 방향제 같은 걸 찾아 옆방으로 달려갔다. 그레고르도 돕고 싶었다. 그림은 나중에라도 지킬 수 있었다. 다만 유리에 배가 찰싹 붙어 있어서 떼어내는 데 여간 힘 드는 게 아니었다. 어쨌든 그는 예전처럼 누이에게 조언이라도 하려는 듯 옆방으로 달려갔다. 하지만 그는 아무것도 못 하고 뒤에 서 있었을 수밖에 없었다. 누이는 각종 약병을 뒤지고 있었는데 그러다 돌아서서 그레고르를 보고는 놀란 나머지 병 하나를 떨어트리고 말았다. 깨진 병 조각이 그레고르의 얼굴에 상처를 내고, 병에 들어 있던 부식성 약품이 그에게 잔뜩 튀었다. 하지만 더 이상 지체할 수 없었던 그레테는 약병 여러 개를 손에 쥔 채 어머니에게로 달려갔다. 그녀는 발로 문을 쾅 닫아버렸다. 그렇게 그레고르는 어머니와 차단되었다. 자기 때문에 죽어가는 어머니와 말이다. 그레테를 위해서라도 문을 열 수가 없었다. 기다리는 일 말고는 그가 할 수 있는 게 아무것도 없었다. 불안감과 자책으로 압박을 받은 그는 벽, 가구, 천장 할 것 없이 이리저리 기기 시작했다. 마침내 온 방이 자기 주위로 빙글빙글 돌기 시작하자 그는 혼란에 빠졌고, 저녁 식사용 탁자 한가운데에 떨어졌다.

그는 움직이지도 못하고 멍한 상태로 한동안 거기 누워 있었다. 주변은 조용했다. 아마도 좋은 징조일 것이다. 그때 초인종이 울렸다. 하녀는 부엌에 문을 걸어 잠그고 있었기 때문에 그레테가 가서 응대해야 했다. 알고 보니 아버지가 집에 돌아온 거였다.

"무슨 일이야?"

그의 첫마디였다. 그레테의 표정이 모든 걸 말해주었던 게 분명했다. 그녀는 잠긴 목소리로 아버지의 물음에 대답했고 그의 가슴에 얼굴을 파묻었다.

"어머니가 실신했었어요. 다행히 지금은 괜찮아요. 그레고르가 방에서 나왔고요."

"거봐, 그럴 줄 알았다. 내가 계속 말했는데 두 사람은 내 말을 안 듣더니만.”

그레테는 별말을 하지도 않았는데 아버지는 무슨 나쁜 일이 생겼다고 생각하는 모양이었다. 마치 그레고르가 폭력 사태에 책임이 있는 것처럼 말이다. 그레고르는 아버지를 진정시켜야 했다. 하지만 그에겐 모든 걸 설명할 시간이 없었고 그럴 방법도 없었다. 그래서 그레고르는 자기 방문 쪽으로 달려가 문에 바짝 달라붙었다. 마침 현관을 들어서는 아버지에게 자신은 곧장 방으로 들어가려 한다는 의도를 보여주려 한 것이다. 방으로 쫓아 보낼 필요도 없이 문만 열어주면 사라지겠다는 걸 알리고 싶었다.

그러나 그의 아버지는 그런 미묘함을 알아차릴 기분이 아니었다. 그가 들어오며 외쳤다.

“아!”

화가 난 동시에 반갑기도 한 듯한 목소리였다. 그레고르는 문에 찰싹 붙어 있던 머리를 들어 아버지 쪽으로 고개를 돌렸다. 그레고르는 지금 그곳에 서 있는 아버지의 모습을 상상해본 적이 없었다. 최근 여기저기 기어다니는 새로운 습관이 생긴 이후, 예전처럼 집에서 무슨 일이 일어나고 있는지 관심을 기울이지 못하고 있었다. 여러 가지가 바뀌긴 했겠지만, 그렇다 하더라도 저 사람이 정말 아버지가 맞는 걸까? 그레고르가 출장을 끝내고 돌아올 때마다 침대에 파묻혀 누워 있던 피곤한 남자와 동일인인가? 저녁에 돌아오면 나이트가운을 입고 안락의자에 앉아서 그레고르를 맞이하던 그가 맞는가? 똑바로 일어서지도 못하고 기쁨의 표시로 두 팔만 들어 올리던 사람, 1년에 몇 번, 일요일이나 공휴일에 함께 산책하러 나가면 외투로 몸을 꽁꽁 감싼 채 걸음이 느린 그레고르와 어머니 사이에서 지팡이를 짚고 더 느릿느릿 힘겹게 걷던 사람, 할 말이 있으면 그대로 걸음을 멈추고 옆에 걷던 가족들을 불러 모으던 사람이 맞단 말인가. 지금 그는 똑바로 서 있었다. 은행에서 일하는 직원이 입는 것 같은 금색 단추가 달린 맵시 좋은 파란 제복을 차려입고 있었다. 높고 빳빳한 코트 깃 위로 그의 강인한 이중 턱이 돋보였다. 숱 많은 눈썹 밑으로 날카로운 검은 눈이 생생하고 초롱초롱해 보였다. 늘 헝클어져 있던 흰머리는 싹싹 빗질이 되어 두피에 붙어 있었다. 그가 어느 은행의 금색 상표가 붙어 있는 모자를 벗어서 휙 던지자, 모자는 포물선을 그리며 소파 위로 곧장 떨어졌다. 그는 긴 제복 코트 끝자락을 뒤쪽으로 휙 젖히며 바지 주머니에 손을 집어넣었다. 그리고 단호한 표정으로 그레고르에게로 걸어왔다. 그는 어쩔 작정인지 자신도 모르는 눈치였지만, 특이하게도 발을 높이 들어 올리며 걸어왔다. 그레고르는 아버지가 신은 부츠의 밑창

이 큰 걸 보고 상당히 놀랐지만, 멍하니 있을 때가 아니었다. 그는 새로운 삶이 시작된 직후, 아버지가 그를 매우 엄격하게 대하기로 마음먹었다는 걸 다 알고 있었다. 그리하여 그는 아버지를 피해 달아났다. 아버지가 멈추면 그도 멈췄고, 아버지가 조금이라도 움직이면 다시 앞으로 도망갔다. 이런 식으로 두 사람은 별다른 결정적인 사건도 없이 방 안을 몇 바퀴나 돌았다. 모든 게 천천히 진행되었기에 추적과 같은 인상은 주지 않았다. 그레고르는 내내 바닥에서만 움직였다. 벽이나 천장으로 도망을 갔다가는 아버지를 자극하는 것처럼 보일까 봐 겁이 났기 때문이다. 그러나 아버지가 한 발짝씩 내디딜 때마다 자신은 무수한 다리 운동을 해야 했기에, 이런 식으로 오래 도망 다닐 수 없다는 걸 인정해야만 했다. 예전엔 폐가 꽤 튼튼한 편이었음에도 지금은 눈에 띄게 숨이 가빠왔다. 온 힘을 다 끌어모아서 비틀거리며 돌아다니다 보니 눈을 뜨고 있기도 힘든 지경이 되었다. 머리도 잘 돌아가지 않아서 그냥 기어다니는 것 말고 다른 방법은 떠오르지도 않았다. 비록 날카롭고 뾰족한 장식이 가득한 가구가 벽을 가로막고 있기는 했지만, 자신이 벽으로도 도망칠 수도 있다는 사실 자체를 거의 까먹고 있었다. 그때 그레고르 바로 옆으로 무언가가 날아오더니 그 앞을 데구르르 굴러갔다. 사과였다. 곧이어 또 다른 사과가 날아 왔다. 그레고르는 충격에 얼어붙었다. 이제 도망 다니는 의미가 없었다. 아버지가 사과로 그를 공격하기로 결심했기 때문이다. 그는 작은 탁자 위에 있던 그릇 속 과일로 주머니를 가득채워 왔다. 그리고 딱히 제대로 조준하지도 않은 채 연달아 사과를 던졌다. 조그맣고 빨간 사과들은 전기 모터라도 달려 있는 듯 바닥을 구르다가 서로 부딪혔다. 힘없이 툭 던진 사과 하나가 그레고르의 등을 스치고 지나갔다. 하지만 뒤이어 날아온 사과는 그를 제대로 강타했고 그의 등에 꽂혀버렸다. 그레고르는 자기 몸을 끌고 가려 했다. 자기 위치를 바꾼다고 해서 이 놀랍고도 믿기지 않는 충격을 없앨 수 있는 것도 아닌데 말이다. 하지만 사과를 맞은 자리는 못이 박힌 것처럼 아팠고 그는 정신을 잃고 그 자리에 쓰러지고 말았다. 그가 마지막으로 본 것은 그의 방문이 열리면서 누이가 비명을 지르고, 어머니가 블라우스 차림으로(아까 기절했을 때 누이가 숨쉬기 편해지라고 옷가지를 벗겨두었다) 뛰쳐나오는 장면이었다. 어머니는 아버지에게로 달려갔고 제대로 묶지 않은 치마는 차례로 바닥에 흘러내렸다. 어머니는 치마를 밟고 휘청거리면서도 아버지에게 달려들어 그를 꽉 껴안았다. (이쯤에서 그레고르는 앞이 전혀 보이지 않았다.) 어머니는 양손으로 아버지의 머리를 감싼 채 그레고르의 목숨을 살려달라고 애원했다.

III

그 누구도 감히 그레고르의 등에 박힌 사과를 빼주지 않았기 때문에 사과는 부상의 기념물처럼 그곳에 계속 남아 있었다. 그는 한 달 이상 고통을 겪었다. 게다가 그의 상태가 얼마나 심각했는지 아버지마저도 그레고르에 대한 생각을 바꾼 모양이었다. 비록 지금 그레고르의 외형이 혐오스럽고 불쾌하기는 하나 그를 적이 아닌 가족의 일원으로 받아들이기로 한 것이다. 가족이니까 그에 대한 혐오감을 삼키고 인내하는 것이 의무라고 생각하는 모양이었다.

그레고르는 부상 때문에 운동 능력을 많이 잃었다. 아마 영원히 이럴 것 같았다. 그는 오래 병을 앓은 병약자의 상태가 되었고 방을 가로질러 기어가는 것도 엄청나게 오랜 시간이 걸렸다. (천장을 기는 건 아예 불가능했다.) 하지만(그의 생각에) 상태는 악화되었어도 저녁마다 열리는 거실 쪽 문이 그에 대한 보상이 되어주었다. 그는 문이 열리기 한두 시간 전부터 문을 뚫어져라 쳐다보는 버릇이 생겼다. 어두운 방 안에 누워 있으면 거실에서는 그가 보이지 않았지만 그는 저녁 식사용 탁자에 앉아 있는 가족들을 훤히 볼 수 있었고 그들의 대화도 들을 수 있었다. (모두의 허락하에 대화를 듣는 것이니 예전과는 상당히 달라졌다고 할 수 있겠다.)

물론 가족들은 옛날처럼 활발하게 대화하지는 않았다. 피곤한 몸으로 작은 호텔 방의 눅눅한 침대에 기어들어 가야 할 때는 늘 가족들의 대화가 그리웠는데 말이다. 지금은 다들 조용해졌다. 저녁 식사 후, 아버지는 의자에서 잠이 들곤 했고 어머니와 누이는 서로 조용히 하라며 다그치곤 했다. 어머니는 램프 밑에서 몸을 숙이고 양장점에 가져가 팔 화려한 속옷을 바느질했다. 영업직을 구한 누이는 이후 승진을 위하여 저녁마다 속기와 프랑스어를 공부했다. 아버지는 여태 졸았던 걸 스스로도 몰랐던 것처럼 자다 깨서 어머니에게 이렇게 말하곤 했다.

"오늘도 바느질을 너무 많이 하는구만!"

그러면 어머니와 누이가 피곤한 눈빛을 주고받았고, 그러는 동안 아버지는 다시 잠에 빠져들었다.

이 무슨 고집인지, 그레고르의 아버지는 집에서조차 제복을 벗는 걸 거부했다. 입지도 않는 나이트가운은 못에 걸어두고, 옷을 모두 차려입은 채로 잠을 자곤 했다. 집에서조차 상급자의 목소리에 귀를 기울이며 시중할 준비를 하는 것 같았다. 제복은 처음부터 새것이 아니었다. 그래서인지 그레고르의 어머니와 누이가 애써 관리를 하는데도 옷이 점차 추레해졌다. 노인은 제복을 입은 채 굉장히 불편하게, 하지만 평화롭게 잠을 자곤 했다. 그러면 그레고르는 저녁 내내 이 코트에 묻은 얼룩을 보며 시간을 보냈다. 얼룩은 있어도 금색 단추만은 늘 잘 닦아서 반짝였다.

10시가 되면 그레고르의 어머니는 아버지를 조용히 깨워 침실로 들어가라고 타일렀다. 의자에 앉아서는 잠을 푹 잘 수 없었고, 6시에 일어나 일을 가려면 제대로 잠을 자야 했기 때문이다. 하지만 일을 하러 나가게 된 이후부터 아버지는 더욱 고집이 세졌기에 늘 탁자에 더 오래 있겠다고 우겼다. 그러고 나면 꼭 깊게 잠이 들어버려서 의자에서 침대까지 자리를 옮기게 하려면 훨씬 더 고생스러웠다. 어머니와 누이가 아무리 잔소리와 경고의 말로 성가시게 아버지를 졸라도, 그는 15분 동안 눈을 감은 채 천천히 고개를 저으며 일어나길 거부했다. 그러면 그레고르의 어머니가 그의 소매를 잡아당기면서 애정 어린 말을 귓가에 속삭였고, 누이는 하던 일을 멈추고 어머니를 도왔다. 그런데도 아버지는 꿈쩍을 하지 않았다. 아버지는 의자에 오히려 더 깊이 파고들었다. 어머니와 누이가 팔짱을 끼면 아버지는 그제야 눈을 번쩍 뜨고 그들을 차례로 쳐다보다가 소리쳤다.

"내 팔자야! 늘그막에 이게 무슨 고생이냐!"

두 여자의 부축을 받은 아버지는 엄청나게 무거운 짐을 옮기듯 조심조심 자리에서 일어났다. 문 앞까지 부축받은 아버지는 이제 됐다며 그들을 돌려보내고 혼자 걸어갔다. 어머니는 바느질 도구를, 누이는 펜을 던져두고 아버지를 돕겠다고 달려갔는데 말이다.

이렇게 지치고 혹사당하는 가족 중 과연 누가 그레고르에게 필요 이상의 관심을 보여줄 수 있겠는가? 살림이 점점 힘들어졌고 이제 하녀마저 해고했다. 그 대신 덩치 크고 뼈대 굵은 백발의 청소부가 힘든 일을 도와주러 매일 아침 왔다가 저녁이면 돌아가는 게 다였다. 그러다 보니 그레고르의 어머니가 어마어마하게 많은 바느질을 하면서 동시에 다른 일도 모두 보살펴야 했다. 그레고르는 저녁 시간 대화를 들으며, 가족들이 갖고 있던 귀중품을 얼마에 팔아야 할지 고민하는 이야기를 듣게 되었다. 어머니와 누이 모두 행사나 기념일이 있을 때 보석으로 치장하는 걸 무척 좋아하는데도 말이다. 하지만 그중에서도 가장 큰 불평은 지금 상황에서 이 아파트가 과하게 넓다는 점, 하지만 그레고르를 새로운 주소로 옮길 방법이 없어 이사도 갈 수 없다는 점이었다. 하지만 그레고르는 자신을 옮기는 문제 외에도 다른 이유가 있을 거라고 생각했다. 사실 적당한 궤짝에다 숨 쉴 구멍만 몇 개 뚫어주면 그를 옮기는 건 꽤 쉬운 일일 것이기 때문이다. 가족들이 이사를 결정 내리지 못하는 진짜 이유는 그들의 완전한 절망감과 관련 있었다. 자기들이 아는 사람 혹은 관련된 사람들은 절대 겪어보지 못한 불행을 겪고 있다는 생각 말이다. 그들은 세상이 가난한 사람들에게 기대하는 것들을 전부 다 하고 있었다. 아버지는 은행 직원들에게 아침 식사를 대령했고, 어머니는 낯선 사람들의 옷을 빨래하며 자신을 희생했고, 누이는 고객들의 명령에 따라 책상 뒤에서 이리저리 뛰어다녔다. 그래서 더 이상 무언가를 할 힘이 남아 있지 않았다. 이런 모습을 보고 있자니 그레고르 등의 상처가 처음 생겼을 때만큼 아픈 것 같았다. 아버지를 침대로 보낸 후 그레고르의 어머니와 누이는 하던 일을 놔두고 두 뺨이 맞닿을 만큼 가까이 다가앉았다. 어머니가 그레고르의 방을 가리키며 말했다.

"문을 닫거라, 그레테."

잠시 후 그레고르는 다시 어둠 속에 혼자 남게 되었다. 옆방에 있는 두 사람은 눈물짓고 있거나, 멍하니 탁자를 바라보며 앉아 있을 것이다.

그레고르는 밤이고 낮이고 좀처럼 잠을 이루지 못했다. 그는 다음번에 또 방문이 열리면 예전처럼 자신이 가족들의 일을 떠맡아야겠다고 생각하곤 했다. 그는 오랫동안 사장과 지배인에 대해 잊고 지냈다. 하지만 그들을 완전히 잊은 건 아니었다. 그의 상상 속에서는 판매원, 견습생, 멍청한 잡일꾼 소년, 다른 사업을 하는 친구 두세 명, 지방 호텔에서 일하는 객실 담당 여종업원과의 짧은 한때의 애정 어린 추억, 진지했지만 너무 천천히 다가가는 바람에 놓쳐버린 모자 가게 계산대 점원……. 이 모든 이가 잊고 지냈던 낯선 이들과 뒤섞여 떠올랐다. 하지만 그들 모두 그와 그의 가족을 도울 만큼 가깝지는 않았다. 또 어떨 때는 가족을 돌볼 생각이 전혀 들지 않았다. 그들이 보여주는 관심이 너무 부족해 분노만 차올랐다. 딱히 원하는 게 떠오르지도 않고 배가 고프지도 않았지만 직접 식료품 저장실에 가볼 계획을 세우기도 했다. 그레고르의 누이는 더 이상 무엇으로 그레고르를 기쁘게 할지 고민하지 않았다. 아침, 점심으로 그의 방 안에 먹을 걸 발로 쓱 밀어 넣어주고는 일하러 가버리기 일쑤였다. 그리고 저녁이면 빗자루로 남은 걸 싹 치워버렸다. 내가 음식을 먹었는지 전혀 입에 대지도 않고 남겨놓았는지 관심도 없었다. 저녁엔 여전히 방 청소를 해주었다. 하지만 어쩜 그렇게 서둘러 끝내는지 모를 일이었다. 벽에는 더러운 얼룩이 그대로 남아 있었고 먼지와 쓰레기 더미가 여기저기 뒹굴었다. 처음엔 그레고르도 그녀에 대한 책망의 표현으로 누이가 청소하러 올 때마다 일부러 가장 더러운 곳에 가 있기도 했다. 하지만 몇 주가 지나도록 아무런 조처를 해주지 않았다. 누이도 분명히 먼지를 보았을 테지만 그냥 놔 두기로 마음먹은 모양이었다. 가족들은 그레고르의 방을 청소 하는 건 오로지 그녀만이 도맡아 할 수 있는 일이라고 이해하 고 있었는데, 동시에 누이도 그와 관련해 예전과 달리 민감한 모습을 보였다. 한번은 그레고르의 어머니가 물 몇 양동이를 이용해가며 그의 방을 대청소한 적이 있었다. 물론 방이 너무 축축해져서 힘들어진 그레고르가 소파 위에 꼼짝 못 하고 누 워 있어야 했지만 말이다. 어쨌든 그날 저녁, 집에 들어온 누이 는 그레고르 방의 변화를 눈치채고 필요 이상으로 과하게 화 를 냈다. 그녀는 심하게 분개하면서 거실로 달려갔다. 어머니가 두 손을 들고 애원했지만 누이는 발작하듯 눈물을 터트렸다. 의자에 앉아 있던 아버지도 놀라서 일어났다. 너무 당황해 어 쩌지 못하고 바라보던 부모 역시 불안해하기 시작했다. 어머니 바로 옆에 서 있던 아버지는 그레고르의 방 청소를 왜 딸에게 맡기지 않았냐며 어머니를 비난했다. 어머니 왼쪽에 있던 누이 는 다시는 그레고르의 방을 청소하지 않겠다고 악을 써댔다. 어머니는 화가 나서 어쩔 줄 모르는 아버지를 끌고 침실로 들 어가려고 했다. 부들부들 떨며 울던 누이는 작은 주먹으로 탁 자를 쾅 내리쳤다. 그레고르가 이 모든 광경과 소음을 보고 듣지 못하도록 그의 방문을 닫아주는 이는 한 명도 없었다. 이에 화가 난 그레고르 역시 방 안에서 씩씩거렸다.

그레고르의 누이는 일을 하고 돌아와서 너무 피곤했다. 거기에다 그레고르까지 돌봐야 하니 훨씬 더 부담되었다. 하지만 그렇다고 해서 어머니가 누이의 일을 대신할 필요는 없었다. 두 사람이 없다고 해도 그레고르가 방치되는 것은 아니었다. 왜냐하면 청소부 할멈이 있었기 때문이다. 평생 온갖 힘든 일을 견뎌온 듯 건장한 체격의 늙은 과부는 그레고르를 보고도 혐오감을 드러내지 않았다. 어느 날, 호기심 때문이 아니라 정말 우연히, 그녀는 그레고르의 방문을 열게 되었고 그와 얼굴을 마주하게 되었다. 너무 놀란 그레고르는 누가 쫓아오지 않는데도 혼자 이리저리 기어다니기 시작했지만, 청소부 할멈은 팔짱을 낀 채 신기하게 바라보고만 있었다. 그 이후로 그녀는 아침저녁으로 꼭 방문을 살짝 열어 그를 확인했다. 그리고 그럴 때마다 자기 딴에는 다정한 말로 그를 부르곤 했다. "이리 나와봐, 늙은 쇠똥구리야!" 혹은 "저기 늙은 쇠똥구리 좀 봐!" 하고 말이다. 그레고르는 그녀의 말에 전혀 반응을 보이지 않았다. 그렇지만 예전처럼 도망을 가진 않고 그냥 아무 일 없다는 듯 가만히 있었다. 어차피 별 이유도 없이 마음대로 그를 괴롭힐 거라면 차라리 그녀가 방 청소를 해주면 좋으련만! 어느 날 이른 아침, 봄이 오는 걸 알려주듯 거센 비가 창틀을 때릴 때 청소부 할멈이 평소처럼 말을 걸기 시작했다. 잔뜩 화가 난 그레고르는 그녀를 향해 덤벼들었다. 느릿느릿 다가가긴 했지만, 일종의 공격 행위였다. 하지만 그녀는 겁을 먹기는커녕 문 옆에 있던 의자 하나를 쳐들고는 입을 떡 벌리고 서 있었다. 손에 든 의자로 그레고르의 등을 내리칠 때까지 입을 다물지 않을 기세였다. 그레고르가 돌아서자 그녀가 소리쳤다.

"어디 가까이 와보지 그래?"

그리고 잠시 후 그녀는 의자를 조용히 방구석에 내려놓았다.

그레고르는 통 먹지를 않았다. 그를 위해 준비된 음식이 옆에 보이면 장난삼아 입에 조금 물어보았지만, 대개는 몇 시간 후에 그대로 뱉어냈다. 처음엔 방 상태 때문에 고통스러워서 그런 거라고 생각했지만, 곧 변화에 익숙해졌다. 가족들은 무언가 집에 둘 자리가 없으면 그레고르의 방에 두는 버릇이 있었다. 게다가 집에 있는 방 하나를 세 명의 신사들에게 빌려준 상태라 그레고르의 방으로 옮기게 된 물건이 많았다. 이 성실한 신사들은(그레고르가 어느 날 문틈으로 내다보니) 모두 수염을 길게 기르고 있었다. 그리고 그들은 물건들이 깔끔하게 정리된 상태에 굉장히 집착했다. 자기들이 빌린 방뿐만 아니라

집 전체, 특히 부엌까지도 깨끗하기를 바랐다. 그들은 불필요한 잡동사니를 견디지 못했다. 특히나 그게 더러우면 더욱 괴로워했다. 게다가 그들은 자기들이 쓸 작은 가구와 장비들을 가지고 들어왔기 때문에 집 안의 물건들 중 많은 것이 필요 없게 되었다. 그렇다고 그걸 팔 수도 없고 버릴 수도 없었기에, 이 모든 것이 그레고르의 방을 차지하게 되었다. 부엌 쓰레기통도 그의 방에 들어왔다. 청소부 할멈은 한동안 쓰지 않는 게 있으면 그레고르의 방에 던져 넣기 바빴다. 원래는 시간과 기회가 있을 때 물건을 다시 치우거나, 모두 함께 갖다 버릴 작정이었을 것이다. 하지만 실제로는 그레고르가 기어다니며 옆으로 치우지 않는 한, 모든 물건이 처음 내던져진 그 자리에 그대로 남아 있었다. 처음엔 기어다닐 공간이 부족해서 어쩔 수 없이 물건을 치울 수밖에 없었다. 하지만 나중에는 청소에 재미를 붙이게 되었다. 비록 그러고 나면 죽을 듯이 피곤해져서 몇 시간 동안 꼼짝 못 하고 누워 있어야 했지만 말이다.

하숙인 신사들은 종종 모두가 사용하는 거실에서 저녁 식사를 하곤 했다. 그래서 저녁 시간에는 거실 쪽 문이 닫혀 있었다. 그러다 보니 그레고르 역시 문이 열릴 거라는 기대를 포기하게 되었다. 어차피 문이 열려 있어도 별수가 없었다. 가족들의 눈에 띄지 않게 컴컴한 방구석에 누워 있는 게 다였기 때문이다. 그러다 어느 날부턴가 청소부 할멈이 거실 쪽 문을 살짝 열어두기 시작했다. 하숙인 신사들이 집에 돌아와 불을 켤 때까지 계속 열려 있었다. 그들은 그레고르가 어머니, 아버지와 함께 식사하던 탁자에 앉아 냅킨을 펼치고 포크와 나이프를 들었다. 곧 그레고르의 어머니가 고기가 든 접시를 들고 문간에 나타났고, 그 뒤로 누이가 감자가 잔뜩 담긴 접시를 가지고 왔다. 음식에선 김이 풀풀 났고 거실이 그 냄새로 가득 찼다. 신사들은 음식을 먹기 전에 테스트라도 하려는 듯 접시를 들여다보았다. 다른 두 사람보다 더 권위자로 간주되는 듯한, 가운데에 앉은 신사가 접시에 담긴 고기를 한 조각 잘라보았다. 제대로 요리가 된 건지 확인해보고 아니면 다시 부엌으로 돌려보낼 기세였다. 다행히 음식은 만족스러운 모양이었다. 옆에서 초조하게 지켜보던 그레고르의 어머니와 누이는 숨을 내쉬며 미소를 지었다.

정작 가족들은 부엌에서 식사했다. 그레고르의 아버지는 부엌으로 가기 전 거실로 들어가 모자를 벗고 탁자를 한 바퀴 빙 돌며 인사를 했다. 신사들도 벌떡 일어나 무어라 중얼거렸다. 잠시 후 아버지가 나가자, 그들은 다시 조용하게 식사를 이어갔다. 그레고르는 다른 무엇보다 그들이 무언가를 먹을 때 내는 다양한 소리가 신기하게 느껴졌다. 그들은 마치 그레고르에게 무언가를 먹으려면 치아가 필요하며 아무리 멋있는 턱이라도 이가 없으면 아무 쓸모가 없다는 걸 알려주려는 것 같았다. 그레고르가 슬픈 목소리로 중얼거렸다.

"나도 뭔가 맛있는 게 먹고 싶다. 하지만 저게 먹고 싶은 건 아니야. 나는 이렇게 죽어가고 있는데 저 하숙인들은 참 잘도 먹는군."

그날 저녁 언제 마지막으로 들었는지 기억나지도 않는 바이올린 소리가 부엌에서 들려오기 시작했다. 세 명의 신사는 이미 식사를 마친 상태였다. 가운데에 앉은 남자가 신문을 꺼내 양옆의 사람들에게 한 장씩 나눠주었다. 그렇게 그들은 의자에 기대어 신문을 읽으면서 담배를 피우고 있었다. 그러다 바이올린 연주가 시작되자 그들은 관심을 보이며 일어섰다. 셋은 복도 쪽 문으로 살금살금 다가가 나란히 붙어 섰다. 부엌에서 나는 소리를 들었는지, 그레고르의 아버지가 소리쳤다.

"바이올린 소리가 거슬리시나요, 신사분들? 당장 멈출 수 있습니다."

"아니요, 그럴 리가요. 기왕이면 아가씨가 이쪽으로 와서 우리를 위해 연주해주실 순 없을까요? 여기가 아무래도 훨씬 아늑하고 편안할 텐데요."

"오, 그러지요."

그레고르의 아버지는 마치 자신이 바이올린 연주자인 것처럼 대답했다. 신사들은 거실로 돌아와 기다렸다. 곧 그레고르의 아버지는 보면대를, 어머니는 악보를, 누이는 바이올린을 들고 나타났다. 누이는 찬찬히 연주를 시작하기 위한 준비를 했다. 이전까지는 한 번도 하숙을 친 적이 없어서 세 명의 신사들에게 과한 호의를 베풀고 있는 부모님은 심지어 자기 의자에 앉지도 못하고 서 있었다. 아버지는 문에 기대어 서서 제복 코트 단추 사이로 오른손을 찔러 넣었다. 어머니는 신사 한 명이 내준 구석 자리 의자에 앉았다.

그레고르의 누이가 연주를 시작했다. 딸의 양옆에 자리한 아버지와 어머니는 연주하는 딸의 손동작에 세심한 주의를 기울였다. 연주에 심취해서인지 그레고르는 큰마음 먹고 앞으로 다가가 거실 쪽으로 고개를 살짝 내밀었다. 원래 그레고르는 자신의 사려 깊음에 대해 굉장히 자부심을 느끼며 살았다. 하지만 지금은 다른 사람에 대한 배려심이 없어졌고, 없어졌다는 사실조차 깨닫지 못하고 있었다. 게다가 지금은 숨어 지내야 할 이유가 훨씬 더 많아졌다. 방 안 곳곳에 먼지가 가득해서 살짝 움직이기만 해도 그의 몸이 먼지투성이가 되었기 때문이다. 그는 등과 옆구리에 실, 머리카락, 음식 찌꺼기를 묻히고 다녔다. 원래는 하루에도 서너 번씩 카펫에 등을 대고 누워 몸을 닦았지만 지금은 모든 것에 무관심해졌다. 이런 상황인데도 그는 티 하나 없이 깨끗한 거실 바닥으로 부끄러움 없이 고개를 들이밀었다.

그렇지만 그 누구도 그를 알아차리지 못했다. 가족들은 바이올린 연주에 흠뻑 빠져 있었다. 처음에 신사 세 명은 주머니에 손을 찔러 넣고 지금 연주되는 악보가 무엇인지 보려고 보면대 뒤에 바짝 붙어 있었다. 아마도 누이의 연주에 방해가 되었을 것이다. 하지만 얼마 가지 않아 그들은 다른 가족들과는 달리 창가로 물러나 고개를 푹 숙이고 자기들끼리 작은 소리로 대화를 나누었다. 아버지는 초조한 눈빛으로 창가에 서 있는 그들을 바라보았다. 아름답고 재미있는 바이올린 연주를 크게 기대하고 있다가 실망한 기색이 역력했다. 그들은 이미 충분히 들었다고 생각하면서도 예의상 계속 들어주고 있는 것 같았다. 입과 코로 담배 연기를 뿜어대는 그들의 모습은 무척 짜증스러워 보였다. 하지만 그레고르의 누이는 아름답게 연주를 계속했다. 그녀는 얼굴을 한쪽으로 기울인 채 섬세하고 구슬픈 표정으로 악보를 따라갔다. 그레고르는 조금 더 앞으로 기어갔다. 혹시 누이와 눈이 마주칠 기회가 있을까 싶어 머리는 계속 바닥에 바짝 붙이고 있었다. 음악에 이토록 심취하는 자를 짐승이라고 할 수 있을까? 그는 전부터 갈망하던 알 수 없는 마음의 양식을 발견한 사람처럼 보였다. 그는 누이에게 조금 더 다가가 보기로 마음먹었다. 그녀의 치맛자락을 끌어당기며 방으로 들어가자고 할 생각이었다. 어차피 거실엔 그레고르만큼 제대로 연주를 감상하는 사람이 없었기 때문이다. 그가 살아 있는 한 누이를 방 밖으로 내보내고 싶지 않았다. 처음으로 그의 충격적인 외모가 쓸모 있을 것이다. 그는 방문에 대고 쉭쉭 거리며 침입자들에게 침을 뱉을 것이다. 그렇다고 누이를 억지로 가둬두려는 건 아니고 누이의 자유의지에 맡길 것이다. 누이는 그와 소파 위에 나란히 앉아 그에게 귀를 기울일 것이다. 그러면 그는 예전부터 누이를 음악 학교에 보내줄 계획이었다고 말할 것이다. 이런 불행이 닥치지만 않았더라면, 아무도 그를 말리지 않았더라면 지난 크리스마스쯤에 이 이야기를 꺼낼 생각이었다고 알려줄 것이다. 그건 그렇고 크리스마스는 벌써 지나간 것일까? 이 이야기를 꺼내면 누이는 감동의 눈물을 흘릴 것이다. 그러면 그레고르는 그녀의 어깨를 감싸 안고 그녀의 목에 키스할 것이다. 일을 하러 나가게 된 이후로 목걸이나 옷깃 없이 늘 내놓고 다니는 그 목에 말이다.

"잠자 씨!"

가운데 있던 신사가 그레고르 아버지를 불렀다. 다른 설명도 없이 천천히 앞으로 걸어 나오는 그레고르를 향해 검지를 겨누고 있었다. 바이올린 소리가 멈췄고, 가운데 남자가 고개를 저으며 두 친구에게 미소를 보이더니 다시 그레고르를 바라보았다. 아버지는 그레고르를 쫓아내는 것보다 신사들을 진정시키는 게 훨씬 더 중요하다고 생각한 모양이었다. 그들은 딱히 혼란스러워하지도 않았고 바이올린 연주보다 그레고르를 더 재미있어했는데도 말이다. 아버지는 두 팔을 활짝 펴고 그들에게 급히 달려가 그레고르 쪽을 자기 몸으로 막으면서 그들을 방으로 돌려보내려고 했다. 그들은 조금 짜증인 난 듯 보였다. 아버지의 행동이 성가셔서인지, 옆방에 그레고르 같은 이웃이 살고 있다는 사실을 이제야 깨달아서인지는 알 수 없었다. 그들은 아버지처럼 두 팔을 번쩍 들고 설명을 요구했다. 흥분한 채 자기들 수염을 잡아당기기도 하면서 아주 천천히 자기들 방으로 뒷걸음질을 쳤다. 한편 갑자기 연주가 중단되자 잠시 절망에 빠졌던 누이가 다시 정신을 차렸다. 그녀는 한동안 축 늘어진 두 손으로 바이올린과 활을 잡고 있었다. 그 와중에도 계속 연주하는 듯 눈은 악보를 향하고 있었다. 그러던 누이가 앉아서 힘겹게 숨을 고르고 있는 어머니의 무릎 위에 악기를 내려놓고 옆방으로 뛰어갔다. 아버지의 성화에 자리를 옮기는 신사들보다 더 빨리 움직였다. 그녀는 숙련된 솜씨로 베개와 이불을 급히 정돈했다. 세 명의 신사가 방에 들어오기 직전 그녀는 방 정리를 끝내고 밖으로 나왔다. 그레고르의 아버지는 지금 자기 행동에 너무 열중한 나머지 하숙인들에게 보여야 할 예의를 까맣게 잊고 있었다. 아버지는 억지로 그들을 방 쪽으로 밀다가, 가운데 남자가 우레와 같은 소리를 지르며 발을 구르자 그제야 번쩍 정신을 차렸다.

"지금 당장 분명히 말할까 합니다."

그는 손을 번쩍 들고 그레고르의 어머니와 누이를 흘깃 쳐다보며 그들의 이목을 끌었다.

"이 아파트에 만연한 불쾌한 상황에 관해서, 그리고 이 가족들에 관해서 할 말이 있어요."

이때 그는 잠깐이지만 분명히 바닥 쪽을 바라보았다.

"당장 방에서 나가겠습니다. 물론 지금까지의 하숙비도 지불할 수 없어요. 반대로 당신들에게 받은 손해에 대해 어떤 종류의 조처를 할지 고민해봐야 할 것 같습니다. 조치의 근거를 제시하는 건 매우 쉬울 것 같군요."

그는 입을 다물고 뭔가를 기대하는 것처럼 앞을 똑바로 응시했다. 나머지 두 친구도 그의 말에 동의했다.

"우리도 당장 나가겠습니다."

신사는 문고리를 잡더니 문을 쾅 닫고 들어갔다.

그레고르의 아버지가 비틀비틀 두 손으로 앞을 더듬으며 자기 자리를 찾아가 앉았다. 평소 저녁잠을 자는 것처럼 축 늘어진 모습이었지만 계속해서 고개를 끄덕이는 걸 보니 잠을 자는 건 아닌 모양이었다. 이런 상황이 이어지는 동안 그레고르는 세 명의 신사가 그를 처음 발견했을 때 그 모습 그대로 누워 있었다. 자신의 계획이 실패했다는 실망감 탓에, 배가 고파 힘이 없었던 탓에 꼼짝을 할 수가 없었다. 그는 모두가 그를 향해 달려올 줄 알고 기다렸다. 그때 어머니 무릎 위에 놓여 있던 바이올린이 큰 소리를 내며 바닥으로 떨어졌지만, 그는 전혀 놀라지 않았다.

"아버지, 어머니."

누이가 손으로 탁자를 쾅 때리며 이야기를 시작했다.

"이렇게는 못 살아요. 두 분은 이해하지 못할 수도 있겠지만 저는 못 참겠어요. 난 이 괴물을 오빠라고 부르고 싶지 않아요. 당장 저걸 없애버려야 해요. 우린 저걸 돌보기 위해서 인간적으로 할 수 있는 걸 모두 다 하며 참아왔어요. 우리 행동이 잘못되었다고 욕할 사람은 아무도 없을 거예요."

"네 말이 전적으로 맞다."

그레고르의 아버지가 말했다. 아직도 제대로 숨을 고르지 못한 어머니는 손으로 입을 막고 기침하기 시작했다. 뭔가 정상이 아닌 눈빛이었다.

그레고르의 누이가 어머니에게 달려가 그녀의 이마에 손을 얹었다. 그리고 아버지에게 무어라 분명한 생각을 전하는 것 같았다. 그는 똑바로 앉아 세 명의 신사들이 식사하고 남겨놓은 접시 사이에 있던 제복 모자를 만지작거렸다. 그리고 꼼짝하지 않고 누워 있는 그레고르를 때때로 내려다보았다.

"저걸 없애버려야 한다니까요."

누이의 말은 아버지밖에 듣지 못했다. 어머니는 기침하느라 정신이 없었기 때문이다.

"저것 때문에 어머니, 아버지가 죽을지도 몰라요. 저는 다 느껴져요. 뼈 빠지게 일하고 집에 돌아왔는데 이런 고문을 당해야 한다니 참을 수 없어요. 더 이상 견딜 수 없다고요."

그러더니 누이는 격하게 울음을 터뜨렸다. 어머니의 얼굴에까지 눈물이 떨어지자, 기계적인 손동작으로 눈물을 닦아주었다.

"애야."

그제야 상황을 제대로 이해한 듯한 아버지가 공감하는 모습으로 말했다.

"그럼 이제 우리가 뭘 어떻게 해야 하는 거냐?"

확신에 차 있던 누이 역시 난감하다는 듯 어깨를 으쓱했다.

"저것이 우리의 말을 알아듣기만 한다면."

아버지가 마치 질문처럼 말했다. 하지만 누이는 그건 말도 안 된다는 듯 손을 마구 내저었다.

"우리의 말을 알아듣기만 한다면."

아버지가 누이의 의견을 다 이해한 듯 눈을 질끈 감고 되풀이했다.

"무슨 상의라도 해볼 텐데. 이래서야……."

"없애버려야 해요!"

누이가 소리쳤다.

"그 방법밖에 없어요, 아버지. 저게 그레고르라는 생각 자체를 버려야 해요. 지금까지 그렇게 믿고 있느라 우리만 손해를 봤어요. 저게 어떻게 그레고르예요? 저게 그레고르라면 저런 동물이 인간과 함께 사는 건 불가능하다는 걸 오래전에 깨닫고 알아서 나갔을 거예요. 우리에겐 더 이상 오빠가 없어요. 우리의 삶을 살면서 그를 기리고 기억하면 돼요. 저 동물은 우리를 못살게 굴고 하숙인들도 쫓아내려 하고 있어요. 이제 이 아파트를 모두 차지한 다음에 우리까지 거리에서 밤을 보내게 할 게 분명해요. 아버지, 보세요, 그냥 보시라니까요."

그러더니 누이는 갑자기 비명을 질렀다.

"또 시작이에요!"

누이는 그레고르가 도저히 이해할 수 없을 정도로 놀란 모

습을 보였다. 그녀는 어머니를 놔둔 채 의자 뒤로 도망쳤다. 그
레고르 가까이에 있으니 차라리 어머니를 희생시킬 작정인 듯
했다. 그녀는 자신만큼이나 흥분해 있는 아버지 뒤로 숨었고,
아버지는 그녀를 보호하려는 듯 두 손을 들고 일어섰다.

그러나 그레고르는 누이뿐만 아니라 그 누구도 놀라게 할
의도가 없었다. 그는 방으로 돌아가려고 방향을 틀기 시작했
을 뿐이다. 그가 처한 끔찍한 상황에서는 그저 방향을 트는 데
도 엄청난 노력이 필요했고, 방향을 틀기 위해서는 머리를 들
었다 숙이기를 반복할 수밖에 없었기 때문에 무섭게 보인 모
양이다. 그는 멈춰서 주위를 둘러보았다. 가족들도 그의 악의
없는 태도를 깨닫고 잠깐 놀란 것으로 그친 모양이었다. 이제
그들은 불편한 침묵 속에서 그를 내려다보았다. 어머니는 피
곤한지 눈을 거의 감은 채, 다리를 쭉 내민 채 의자에 앉아 있
었다. 누이는 아버지의 목에 손을 두르고 나란히 앉아 있었다.

'이젠 방향을 틀어도 되겠지.'

그레고르는 이렇게 생각하며 다시 하던 일을 계속했다. 힘
들었기에 그레고르는 거친 숨을 내쉴 수밖에 없었다. 그리고
때때로 멈춰서 휴식도 취해야 했다. 서두르라고 하는 사람은
아무도 없었다. 그저 모든 게 그에게 달려 있었다. 그는 완전히
다 돌아서자마자 급히 앞으로 움직이기 시작했다. 그는 자기

가 방에서 이렇게 멀리까지 나와 있는지 몰랐다. 그리고 허약한 상태로 어떻게 이 먼 거리를 힘든 줄 모르고 걸어왔는지 이해할 수 없었다. 그는 최대한 빨리 기는 데만 집중했다. 가족들이 그에게 단 한 마디도 건네지 않았다는 것조차 눈치채지 못했다. 그는 문에 다다를 때까지 뒤를 돌아보지 않았다. 목이 뻣뻣해지는 걸 느끼면서도 계속 뒤를 보지 않았다. 그런데도 누이가 자리에서 일어선 것 외에는 아무런 변화가 없다는 걸 다 알 수 있었다. 그가 마지막으로 흘깃 돌아보자 어머니는 거의 잠들어 있었다.

그가 방에 들어서자마자 급히 문이 쾅 닫혔다. 그러고는 빗장이 걸렸고 문이 잠겼다. 갑작스러운 소리에 너무 놀란 그레고르는 그대로 쓰러졌다. 그토록 황급히 문을 잠근 건 누이였다. 그가 방에 들어가기만을 기다리며 서 있다가 급히 달려나온 것이다. 그레고르는 그녀가 다가오는 소리조차 듣지 못했다. 자물쇠를 잠근 누이는 큰 소리로 외쳤다.

"드디어 들어갔네요!"

"이제 어쩌지?"

그레고르는 혼잣말을 하며 어두운 방 안을 둘러보았다. 그는 더 이상 몸이 움직이지 않는 걸 깨달았다. 하지만 전혀 놀랍지 않았다. 지금까지 이 가늘고 약한 다리로 돌아다닐 수 있었다는 게 신기하게 느껴졌다. 어느 정도 편안한 기분도 느껴졌다. 온몸이 욱신거리기는 했지만, 고통은 점점 더 약해지고 있었고 마침내 완전히 사라졌다. 등에 박힌 썩은 사과도, 허연 먼지로 뒤덮인 염증이 생긴 상처 부위도 아무 느낌이 없었다. 그는 가족들을 생각하며 사랑과 감동을 느꼈다. 할 수만 있다면 이대로 사라지고 싶었다. 그가 없어지길 바라는 누이의 감정보다 훨씬 더 확고했다. 공허하고 평화롭게 추억에 잠겨 있는 사이 시계탑에서 새벽 3시를 알리는 종이 울렸다. 창밖이 천천히 밝아지고 있는 게 느껴졌다. 그레고르는 자기도 모르게 머리를 푹 숙였다. 그리고 그의 콧구멍에서 희미한 마지막 숨결이 새어 나왔다.

아침 일찍 청소부가 도착했다. 가족들은 문을 쾅쾅 닫지 말아달라고 몇 번이나 부탁했지만, 성질 급하고 힘센 그녀는 버릇을 고치지 못했다. 그래서 할멈이 아파트에 도착하면 누구나 알아차릴 수밖에 없었고 편히 잠을 자는 게 불가능해졌다. 할멈은 평소처럼 그레고르를 슬쩍 들여다보았다. 처음에는 특별한 점을 발견하지 못했다. 그녀는 그레고르가 그저 죽은 체하고 누워 있는 줄로만 알았다. 마침 기다란 빗자루를 손에 쥐고 있던 할멈은 문밖에서 그레고르를 간지럽히려 했다. 그래도 아무 반응이 없자 장난을 치고 싶었던 그녀는 빗자루로 그를 쿡쿡 찌르기도 했다. 그러다 빗자루로 밀어도 아무 저항 없이 밀려 나가는 걸 보고서야 정신을 번뜩 차렸다. 그녀는 무슨 일이 일어났는지 곧바로 파악했고, 눈을 휘둥그레 뜬 채 휘파람을 불었다. 할멈은 곧장 침실 문을 열어젖히고 컴컴한 방 안을 향해 큰 소리로 외쳤다.

"이리 나와서 이것 좀 봐요. 죽었어요. 완전히 죽어서 누워 있다고요!"

잠자 부인은 침대에서 벌떡 일어나 앉았다. 우선 깜짝 놀란 마음을 진정시키고 나서야 청소부 할멈이 한 이야기를 이해할 수 있었다. 두 사람은 서둘러 침대 양쪽으로 내려왔다. 잠자 씨는 어깨에 담요를 두른 채로, 부인은 잠옷 차림인 채로 그레고르의 방으로 들어갔다. 가는 길에 그들은 하숙인들이 들어온 이후 그레테의 침실로 사용 중인 거실문도 열었다. 그레테는 한숨도 자지 않았는지 옷을 다 차려입고 있었다. 창백한 얼굴이 그것을 증명해주었다.

"죽었다고요?"

잠자 부인이 믿을 수 없다는 듯 청소부를 쳐다보며 물었다. 직접 확인하면 알 수 있는 일이고 확인하지 않더라도 알아차릴 수 있는 일인데도 말이다.

"말했던 그대로예요."

청소부는 이렇게 답하며 증명하듯 빗자루로 그레고르를 쓱 밀었고, 그레고르는 힘없이 옆으로 밀려났다. 잠자 부인은 빗자루질을 막아보려고 움찔했지만 이미 늦어버렸다.

"그럼 신께 감사를 드려야겠군."

잠자 씨가 말했다. 그는 가슴에 십자를 그었다. 세 명의 여자들도 그를 따라 했다. 시체에서 눈을 떼지 못하던 그레테가 말했다.

"야윈 것 좀 봐요. 한동안 아무것도 안 먹었어요. 넣어준 먹이가 그대로 나오곤 했거든요."

그레고르의 몸은 실제로 바짝 마르고 납작해졌다. 그런데 그전까지는 아무도 그 사실을 눈치채지 못하고 있었다. 이제 그는 작은 다리로 일어서지도 않았고, 사람들을 쫓아내기 위한 그 어떤 행동도 하지 않았다.

"그레테, 잠시 이리 오렴."

잠자 부인이 고통스러운 미소를 지으며 말하자, 그레테는 단 한 번도 시체를 뒤돌아보지 않고 부모님을 따라 침실로 들어갔다. 청소부 할멈은 방문을 닫고 창문을 활짝 열었다. 이른 아침인데도 신선한 공기에서 훈훈함이 느껴졌다. 어느덧 3월 말이 된 것이다.

세 명의 신사가 방에서 걸어 나왔다. 아침 식사를 찾던 그들이 놀라서 주위를 둘러보았다.

"아침은 어디 있죠?"

가운데 신사가 청소부에게 짜증을 내며 물었다. 그녀는 입술에 손가락을 갖다 대며 조용히 그레고르의 방으로 와보라고 손짓했다. 그들은 잘 차려입은 코트 주머니에 손을 찔러 넣고 그레고르의 시체를 둘러쌌다. 이제 방 안이 제법 밝았다.

잠시 후 침실 문이 열리더니 잠자 씨가 제복을 입고 나타났다. 한쪽 팔은 아내가, 한쪽 팔은 딸이 부축하고 있었다. 셋 다 방에서 잠시 울었던 모양이다. 그레테는 아직도 아버지의 팔에 자기 얼굴을 묻곤 했다.

"우리 집에서 나가시오, 당장!"

잠자 씨가 부축받던 팔을 뿌리치고 문을 가리키며 말했다.

"무슨 말입니까?"

셋 중 가운데 신사는 다소 당황스러워하면서도 부드러운 미소를 띤 채 물었다. 나머지 둘은 뒷짐을 진 채 연신 손을 비벼댔다. 어차피 말다툼이 나면 자기들에게 유리하다고 생각하는지 차라리 시끄러운 말다툼이 벌어지길 기대하는 모습이었다.

"지금 말한 그대로요."

잠자 씨가 대답했다. 그러고는 두 여자와 함께 그들을 향해 똑바로 걸어갔다. 처음에 가운데 남자는 그 자리에 가만히 서서 머릿속으로 생각을 정리하는지 땅만 바라보고 있었다.

"알겠습니다, 그러지요."

그는 이렇게 말하고는 잠자 씨를 올려다보았다. 갑자기 겸손해져서는 잠자 씨에게 자신의 결정에 대한 허락을 구하는 것 같았다. 잠자 씨는 눈을 크게 뜨고 몇 차례 고개를 끄덕였다. 그러자 남자는 곧바로 복도로 성큼성큼 걸어갔다. 나머지 두 친구도 손 비비던 걸 멈추고 그의 뒤를 따랐다. 잠시 후 그들은 친구를 향해 달려갔다. 마치 잠자 씨가 자기들보다 앞서가서 우두머리와 자기들 사이를 깨버릴까 봐 갑자기 겁이 난 것 같은 모습이었다. 세 사람은 옷걸이에서 모자를 집어 들고 지팡이 보관대에서 지팡이를 꺼낸 뒤, 말없이 꾸벅 인사를 하더니 집을 나섰다. 잠자 씨와 두 여자는 층계참까지 따라 나갔다. 하지만 그들의 의도를 믿지 못할 이유가 없었다. 층계참에서 아래를 내려다보니 세 사람은 느리지만 한결같이 계단을 내려가고 있었기 때문이다. 그들은 각 층의 모서리에서 계단에 가려 사라졌다가 잠시 후 다시 나타났다. 좀 더 내려갈수록 잠자 가족의 흥미도 점점 떨어졌다. 푸줏간 소년이 머리에 접시를 인 채 자신만만한 자세로 그들을 지나쳐 올라오는 게 보였다. 그제야 잠자 씨와 여자들은 다행스러운 마음으로 층계참을 떠나 집 안으로 돌아왔다.

가족들은 오늘 하루를 휴식에 쓰기로 하고 산책을 계획했다. 그들은 일하는 곳에서 휴가를 받기로 했다. 정말로 필요하던 휴식이었다. 그들은 탁자에 앉아 결근계 석 장을 썼다. 잠자 씨는 사장에게, 잠자 부인은 하청업자에게, 그레테는 가게 주인에게 썼다. 그들이 결근계를 쓰는 동안 청소부가 다가와 오늘 아침 할 일을 다 끝냈으니 가겠다고 말했다. 세 사람은 고개도 들지 않고 고개를 끄덕였다. 하지만 할멈이 꼼짝하지 않고 있자, 성가시다는 듯 고개를 들었다.

"왜 그러는 거요?"

잠자 씨가 물었다. 할멈은 미소를 지으며 문간에 서 있었다. 마치 가족들에게 전할 좋은 소식이 있으니 그걸 물어달라는 듯한 모습이었다. 그녀의 모자에 꽂혀 있는 조그만 타조 날개(그녀가 일을 하러 올 때마다 잠자 씨는 그 타조 날개가 늘 거슬렸다)가 사방으로 흐느적거리며 흔들렸다.

"할 말이 있어요?"

청소부 할멈이 이 집에서 가장 존경하는 잠자 부인이 물었다.

"네."

할멈이 대답했다. 그리고 이내 친근한 웃음을 터트리느라 곧바로 대답하지 못했다.

"그, 저기 있는 물건들, 어떻게 처리해야 할지 고민할 필요 없어요. 벌써 싹 정리했으니까요."

잠자 부인과 그레테는 지금 쓰고 있는 결근계에 계속 집중해야 한다는 듯 고개를 숙였다. 잠자 씨는 청소부가 모든 걸 자세하게 설명하고 싶어 한다는 걸 눈치채고 손을 뻗어 그러지 말라고 했다. 말할 기회를 차단당한 할멈은 갑자기 급히 할 일이 생각난 사람처럼 언짢은 목소리로 외쳤다.

"그럼 모두들 안녕히!"

그러고는 휙 돌아서서 문을 쾅 닫고 나가버렸다.

"오늘 밤 청소부도 해고야."

잠자 씨가 말했다. 모처럼 얻은 평화를 청소부가 깨트리기라도 할 것처럼 말이다. 하지만 아내와 딸은 아무런 대꾸도 하지 않았다. 그들은 그저 자리에서 일어나 창문으로 가더니 서로를 부둥켜안았다. 잠자 씨는 그들을 보기 위해 의자를 돌리고는 한동안 그들을 바라보았다. 그러고는 외쳤다.

"자자, 지난 것들은 다 잊어버려야 하지 않겠어? 나한테도 관심을 좀 보여줘."

두 여자는 즉시 아버지가 말한 대로 그에게 달려가더니 입을 맞추고 포옹했다. 그리고 쓰던 결근계를 급히 마무리했다.

잠시 후 세 사람은 다 함께 아파트를 나섰다. 몇 달 동안 하지 못한 외출이었다. 그들은 트램을 타고 도시 밖 교외로 나갔다. 따뜻한 햇볕이 내리쬐는 트램에는 그들뿐이었다. 자리에 편안하게 기댄 그들은 앞으로의 계획에 대해 의논했다. 자세히 들여다보니 그들의 상황은 그리 나쁘지만도 않았다. 서로 자세히 물어보지 않아서 몰랐던 것이지, 셋 다 상당히 괜찮은 직업을 가지고 있었고 미래 전망도 좋았다. 당분간 사는 곳을 옮기는 것으로 큰 개선을 이룰 수 있을 것 같았다. 그들은 그레고르가 고른 지금 아파트보다 더 작고 싼 집을 찾기로 했다. 위치도 더 좋고 무엇보다 훨씬 실용적인 곳이 필요했다. 어느 때보다 그레테가 활기를 되찾았다. 점점 창백해지는 딸의 뺨을 보며 걱정이 많았던 잠자 부부가 딸과 이야기를 나누다 거의 동시에 깨달았다. 딸이 건강을 되찾아 아름다운 아가씨의 모습으로 활짝 피어나고 있었다는 걸 말이다. 두 사람은 딱히 말을 하지 않았다. 하지만 서로의 눈빛만으로도 같은 생각을 나누고 있었다. 딸에게 어울리는 좋은 남자를 찾아줘야 할 때가 머지않았다는 생각이다. 그들의 새로운 꿈과 선의를 확인이라도 하는 듯, 그레테는 목적지에 도착하자마자 가장 먼저 일어나 젊은 몸을 쭉 뻗었다.

시골 의사

매우 곤란한 상황이었다. 나는 즉시 길을 떠나야 했다. 심각하게 아픈 환자가 10마일 떨어진 마을에서 나를 기다리고 있었기 때문이다. 짙은 눈보라가 환자와 나 사이의 공간을 채우고 있었다. 나에게는 이륜 경마차가 있었다. 크고 가벼운 바퀴는 시골길에 딱 적합했다. 나는 털 코트를 두르고 왕진 가방을 챙긴 뒤, 뜰로 나와 길을 나설 준비를 했다. 그런데 말이 단 한 마리도 없었다. 내 말은 얼어붙을 듯한 추위에 지쳐 지난밤 죽고 말았기 때문이다. 그래서 하녀가 온 마을을 뛰어다니며 말을 빌리고 있었다. 하지만 난 그래봐야 소용없다는 걸 알고 있었기에 허망하게 기다리며 서 있었고, 그러는 사이 눈은 점점 더 쌓여 움직이기도 힘들 지경에 이르렀다. 역시 하녀는 대문에 홀로 나타나 등불을 흔들었다. 그도 그럴 것이 누가 이 상황에서 선뜻 말을 빌려주겠는가? 나는 괜히 뜰을 한 번 더 걸어보았지만 역시나 방법이 없어 보였다. 나는 당황스러우면서도 괴로워 1년 내내 사용하지도 않아 허물어져가는 돼지우리 문을 걷어찼다. 벌컥 열린 문이 경첩에 매달려 앞뒤로 흔들렸다. 말에서 나는 것 같은 냄새와 온기가 안에서 흘러나왔다. 돼지우리 안에는 희미한 등불이 밧줄에 매달려 흔들리고 있었다. 쪼그리고 앉아 있던 파란 눈의 남자가 고개를 들었다.

"말을 맬까요?"

그가 네발로 기어 나오며 물었다. 나는 그가 무슨 말을 하는 건지 몰라 돼지우리 안을 들여다보려고 몸을 숙였다. 하녀는 내 옆에 가만히 서 있었다.

"원래 돼지우리 안에 뭐가 있는지도 모르시잖아요."

하녀가 말했고 우린 같이 쓸쓸한 웃음을 터트렸다.

"여봐라, 이랴, 이랴!"

마부가 소리치자, 옆구리가 튼튼한 거대한 말 두 마리가 차례로 나타났다. 그것들은 다리를 몸에 바짝 붙이고, 잘생긴 머리를 낙타처럼 숙인 뒤, 엉덩이가 꽉 낄 정도로 좁은 문을 오로지 힘을 이용해 빠져나오고는 똑바로 섰다. 말의 다리는 껑충 길었고 몸에서는 김이 펄펄 났다.

"도와드려라."

내가 말하자 고분고분한 하녀는 바로 마구를 채우는 마부를 도와주러 달려갔다. 하지만 하녀가 그의 곁에 다가오자, 그는 하녀의 얼굴을 붙잡고 자기 쪽으로 홱 끌어당겼다. 하녀는 비명을 지르며 내게로 도망을 쳤다. 하녀의 얼굴에는 두 줄로 된 이빨 자국이 벌겋게 남아 있었다.

　"이 몹쓸 짐승, 매질을 당하고 싶은 거냐?"

　나는 분노하며 소리쳤지만, 그 순간 그가 낯선 이라는 걸 곧바로 깨달았다. 그가 어디에서 왔는지도 모르지만, 다른 사람들은 다 거절하는 와중에 그만이 나서서 자발적으로 나를 도와주려 했음을 깨달은 것이다. 내 생각을 읽은 건지, 그는 내 협박에도 아랑곳하지 않고 분주히 마구를 채웠다. 그러고는 나를 돌아보며 말했다.

　"타시죠."

　실제로 모든 것이 다 준비되어 있었다. 나는 이렇게 아름다운 말이 모는 마차를 타본 적이 없었기에 기분 좋게 마차에 올랐다.

　"마차는 내가 몰겠네. 자네는 길을 모르지 않나."

　내가 말했다.

　"물론이죠, 난 당신과 함께 가지 않을 겁니다. 난 로자랑 있을 거니까요."

그가 말했다.

"싫어요!"

로자는 피할 수 없는 자신의 운명을 예감한 듯 비명을 지르며 집으로 도망쳤다. 철컹철컹 문에 쇠사슬 거는 소리가 들렸다. 자물쇠 잠그는 소리도 났다. 더군다나 그녀는 자신을 찾지 못하게 하려고 출입구뿐만 아니라 복도와 모든 방의 불도 다 꺼버렸다.

"자네는 나랑 같이 가세. 아무리 급한 일이라도 이대로 나 혼자 가진 않을 거야. 길을 나서는 대가로 하녀를 자네에게 넘겨줄 생각은 추호도 없네."

"이랴!"

그가 손뼉을 치며 외치자, 마차가 홍수 속에 떠밀려 가는 통나무처럼 쓸려가기 시작했다. 마부가 내 집으로 달려가는 동시에 집 문이 부서지고 깨지는 소리가 났지만, 나는 퍼붓는 눈보라에 눈이 멀고 귀가 먹어서 서서히 아무것도 느끼지 못하게 되었다. 하지만 이것도 잠시였다. 우리 집 뜰을 빠져나오자마자 곧바로 환자의 농장이 나온 것처럼 어느덧 내가 거기에 도착해 있었기 때문이다. 말들은 조용히 멈춰 섰고, 눈보라는 멈췄으며, 주변이 온통 달빛으로 환했다. 환자의 부모가 집에서 뛰쳐나왔다. 그 뒤로 환자의 누이도 쫓아왔다. 나는 마차에서 끄집어내어지듯 내려왔다. 그들이 워낙 혼란스러워하며 소리를 질러댔기에 나는 한 마디도 알아듣지 못했다. 환자가 있는 방의 공기는 숨을 쉴 수가 없을 정도였다. 제대로 관리하지 않은 난로에서는 연기가 뿜어져 나왔다. 나는 창문을 활짝 열고 싶었지만 일단 환자부터 봐야 했다. 수척하긴 했지만 열도 없고, 차갑지도 뜨겁지도 않았던 젊은 환자는 셔츠를 벗은 채로 털 이불을 덮고 있다가 몸을 일으켜 세웠다. 그리고 내 목에 팔을 두르고는 귀에다 대고 이렇게 속삭였다.

"의사 선생님, 저를 죽게 놔두세요."

나는 얼른 방을 둘러보았지만 아무도 그의 말을 듣지 못한 것 같았다. 환자의 부모는 그저 내 판단을 기다리며 조용히 몸을 숙이고 있었고, 누이는 내 가방을 내려놓을 수 있게 의자를 가져왔다. 나는 가방을 열어 안을 뒤졌다. 청년은 자신의 간청을 잊지 말라는 듯 계속 나를 꽉 붙들고 있었다. 나는 핀셋을 하나 꺼내 촛불에 비춰보았다가 다시 내려놓았다. 나는 불경스럽게 혼자 생각했다.

'그래, 이런 상황에서도 신은 우리를 도와주시는구나. 말을, 그것도 급하다고 두 마리나 보내주셨지. 더군다나 마부까지 내려주셨어.'

그러다 문득 로자 생각이 났다. 내가 뭘 어떻게 해야 할지,

그녀를 어떻게 구해야 할지, 마부의 손아귀에 있는 로자를 어떻게 떼어놓을지 생각했다. 그것도 10마일이나 떨어진 곳에서, 제대로 통제도 안 되는 말 두 마리를 데리고서 말이다. 지금 말들은 고삐가 느슨하게 풀린 건지 창문 밖에서 안쪽으로 머리를 들이밀고 있었다. 어찌 된 영문인지 모르겠지만 그중 한 마리가 창문에 머리가 낀 채 환자를 멀뚱히 쳐다보았다. 놀라서 비명을 지르는 가족들을 보고도 꿈쩍하지 않고 말이다.

'당장 돌아가는 게 좋겠어.'

나는 말들이 어서 돌아가자고 재촉하는 거라 생각했다. 그러나 그러는 사이 환자의 누이는 내가 더워서 멍해진 거라 착각하고 내 코트를 벗겼으며 나 역시 그녀가 옷을 벗기는 대로 놔두었다. 노인은 럼주 한 잔을 따라주더니 내 어깨를 툭툭 쳤다. 자기가 아끼는 걸 내어준 만큼 이 정도 친한 척은 해도 된다고 생각한 모양이었다. 나는 고개를 저었다. 편협한 노인의 생각이 불편했던 나는 술 마시기를 거부했다. 침대 옆에 서 있던 환자의 어머니가 내게 오라고 손짓했고, 나는 그녀가 시키는 대로 했다. 말이 천장을 향해 시끄럽게 울어대는 동안 나는 청년의 가슴에 머리를 갖다 댔다. 그의 가슴이 내 젖은 수염 밑에서 떨리고 있었다. 나는 원래 내 판단이 옳다고 생각했다. 청년은 꽤 건강했다. 걱정이 많은 어머니가 커피를 너무 먹인 탓에 혈액 순환에 약간 문제가 있기는 했지만, 힘껏 떠밀면 곧바로 침대에서 일어설 정도로 좋은 상태였다. 하지만 나는 이 세상의 개혁가가 아니었기에 그가 거짓말하도록 놔두었다. 난 그저 이 지역의 의사였으며 과하다 싶을 정도로 내 임무에 최선을 다하고 있었다. 급료는 낮았지만 관대했고 가난한 사람들에게 도움 되었다. 난 계속 로자를 돌보아야 하며, 청년이 자기 뜻대로 하게 놔두어야 했다. 그러고 보니 나 역시 죽고 싶어졌다. 이 끝도 없는 겨울에 여기서 난 무얼 하는 것인가! 내 말은 죽었는데, 마을 사람 그 누구도 말 한 마리 빌려주지 않았다. 나는 돼지우리에서 말을 찾아내야 했다. 말이 없으면 돼지라도 타고 와야 했다. 늘 이런 식이었다. 나는 가족들을 보고 고개를 끄덕였다. 그들은 내 행동의 의미를 전혀 알지 못했다. 안다고 한들 믿지 않았을 것이다. 처방전을 쓰는 건 쉽다. 하지만 사람들을 이해시키는 건 어려운 일이다. 자, 이쯤 해서 나의 방문은 끝이다. 가족들은 또 쓸데없이 나를 한 차례 불러냈다. 나도 이런 일에 익숙하기는 했다. 온 마을이 야간 비상벨로 내 인생을 지옥처럼 만들어줬기 때문이다. 하지만 이번에는 로자까지 희생시켜야 한다니. 몇 년 동안 별문제 없이 내 집에서 함께 살아온 어여쁜 소녀이기에, 이 희생은 너무 과했다. 나는 내가 끌어모을 모든 기술의 도움을 받아 머릿속의 생각을 정리

해야 했다. 안 그러면 이 가족들을 내가 공격할 것 같았기 때문이다. 이제 무슨 수를 써도 로자를 되찾을 수 없지 않은가. 하지만 나는 가방을 닫고 털 코트를 집으려 손을 뻗었다. 가족들은 함께 서 있었다. 아버지는 럼주 잔을 쿵쿵거렸고, 어머니는 내게 실망한 기색이 역력한 모습으로 (이 사람들은 뭘 더 기대하는 것일까?) 눈물이 그렁그렁한 채 입술을 깨물었고, 누이는 피에 흠뻑 젖은 수건을 흔들고 있었다. 나는 어쩐지 청년이 결국 아플 수도 있다고 조건부로 인정할 준비가 되어 있었다. 나는 다시 청년에게로 걸어갔다. 그는 내가 영양가 많은 병자용 수프라도 가지고 가는 양 미소를 지으며 나를 반겨주었다. (아, 이제 말 두 마리가 함께 울어댔다. 나는 그 소음이 환자의 진료를 돕기 위해 하늘이 내린 것이라 생각했다.) 그리고 이번엔 그가 정말로 아프다는 걸 알게 되었다. 그의 오른쪽 옆구리에 손바닥만큼 커다란 열린 상처가 있었던 것이다. 상처는 다양한 색조의 장밋빛 붉은색이었다. 움푹 꺼진 곳은 짙은 색이고, 가장자리로 올라올수록 점점 색이 밝아지는 그 상처에는 불규칙한 핏덩어리가 붙어 있었고, 한낮의 광산 입구처럼 열려 있었다. 멀리서 볼 땐 그렇게 보였다. 하지만 가까이에서 자세히 보니 다른 문제가 또 있었다. 난 놀라서 나도 모르게 낮게 휘파람을 불고 말았다. 장밋빛 붉은색에 여기저기 피가 묻어 있는 새끼손가락 크기의 벌레들이 상처 안쪽에서 빛을 향해 우글거리고 있었다. 작고 하얀 머리에 수없이 많은 다리가 달려 있었다. 불쌍한 청년, 도움받을 수 있는 때가 지나버렸구나. 나는 너의 커다란 상처를 발견했지만, 네 옆구리의 이 꽃 같은 상처가 너를 죽이고 있었구나. 가족들은 기뻐했다. 그들은 바삐 움직이는 나를 보고 있었다. 누이는 어머니에게, 어머니는 아버지에게, 아버지는 까치발을 하고 두 팔을 뻗어 균형을 잡으며 달빛을 뚫고 문으로 들어오는 손님들에게 말했다.

"저를 구해주실 거죠?"

청년이 흐느끼며 속삭였다. 상처 안의 생명체 때문에 잠시 제정신이 아닌 것 같았다. 우리 마을 사람들도 다 마찬가지다. 그들은 언제나 의사에게서 불가능한 것을 기대한다. 그들은 오랜 믿음을 잃어버렸다. 목사는 집에 앉아 제의를 차례차례 벗고 있지만, 의사는 자비로운 외과의의 손으로 전능한 모습을 보이기를 바라고 있다. 휴, 좋을 대로 하라지. 나는 그들에게 나를 데려다 쓰라고 강요한 적이 없다. 그들이 신성한 목적을 위해 나를 남용한다면 나도 기꺼이 놔두리니. 시골 의사인 내가 더 이상 무얼 바라겠는가. 하녀마저 잃은 이 마당에! 그렇게 그들이 왔다. 가족들과 마을 노인들이 내 옷을 벗겼다. 선생님이 이끄는 학교 합창단이 집 앞에 서서 아주 단조로운 곡조로 다음과 같은 노래를 불렀다.

그의 옷을 벗겨라, 그럼 그가 우리를 치료할 거야.
옷을 벗지 않으면, 그냥 죽여버려!
어차피 의사일 뿐, 의사일 뿐.

그렇게 나는 옷이 벗겨졌고, 손가락으로 수염을 만지며 고개를 갸웃한 채 조용히 사람들을 바라보았다. 나는 완전히 침착하게 상황을 그대로 받아들였다. 그리고 그대로 가만히 있었다. 비록 그것이 내게 아무런 도움이 되지 않았지만 말이다. 왜냐하면 사람들이 내 머리와 발을 잡고 침대로 나를 옮겼기 때문이다. 그들은 청년의 상처 옆쪽 벽에다 나를 눕혔다. 그리고 모두 방을 나가버렸다. 문은 닫혔고 노래는 멈췄다. 구름이 달을 가렸다. 이불은 따뜻했다. 열린 창문에 끼어 있는 말의 대가리가 그림자처럼 흔들렸다. 귓가에 목소리가 들렸다.

"그거 아세요? 저는 당신을 별로 신뢰하지 않아요. 왜냐, 당신은 그저 여기로 불려 왔으니까요. 그것도 제 발로 오지도 않았죠. 당신은 나를 도와주는 대신 내 침상을 비좁게만 만들고 있어요. 내가 제일 하고 싶은 건 당신의 눈알을 파내는 거예요."

내가 말했다.

"맞아, 부끄럽군. 하지만 난 의사야. 내가 뭘 어떻게 해야 할까? 나로서도 쉽지 않다는 걸 믿어줬으면 좋겠군."

"이런 사과에 만족하란 건가요? 아, 그래야겠군요, 어쩔 수 없죠. 저는 늘 참고 견뎌왔습니다. 이 멋진 상처가, 내가 세상에 갖고 태어난 전부입니다. 내 유일한 재능이지요."

"젊은 친구, 자네의 단점은 충분히 넓은 시야를 갖추지 못했다는 걸세. 온갖 병실에 다 다녀본 내가 말해주자면, 자네의 상처는 그리 나쁘지 않네. 도끼로 두 번만 찍으면 만들 수 있는 상처야. 많은 사람이 옆구리를 내놓고는 숲에서 들려오는 도끼 소리를 듣지 못하지. 바로 옆에서 나는 건 더더욱 못 듣고."

"정말 그런 건가요, 아니면 열이 나는 저를 속이는 건가요?"

"정말 그렇다네. 공식적인 의사의 명예를 걸고 하는 말이야."

그는 내 말을 받아들이고 조용히 누워 있었다. 하지만 이제 내가 도망칠 궁리를 할 때였다. 말들은 여전히 충직하게 제자리에 서 있었다. 나는 옷가지, 털 코트, 가방을 얼른 챙겼다. 옷을 입느라 시간을 낭비하고 싶지 않았다. 나는 침대에서 마차로 폴짝 뛰기만 하면 됐다. 말들이 여기 올 때처럼 빠르게 집까지 달려주기만 하면 말이다. 말 한 마리가 순순히 창에서 물러났다. 나는 마차 안으로 짐을 던져 넣었다. 털 코트가 빗나갔지만, 소맷자락이 갈고리에 걸렸다. 다행이었다. 나는 얼른 말에 올라탔다. 고삐가 질질 끌리고 두 말이 제대로 연결되지도 않았는데 마차가 출발했다. 마차 꽁무니에는 코트가 매달려 있었다.

"이랴!"

내가 소리쳤다. 하지만 말들은 달리지 않았다. 말들은 노인들처럼 천천히 눈밭을 느릿느릿 걸어갔다. 우리 뒤에서는 한참 동안 새롭지만 잘못된 아이들의 노래가 울려 퍼졌다.

오, 기뻐하세요, 모든 환자 여러분,
의사가 당신 옆에 누워 있답니다!

이 속도로는 집에 갈 수 없을 것이다. 나의 뛰어난 실력은 사라지고, 후임자가 내 자리를 넘보지만, 그가 내 자리를 대신할 수 없기에 상관없다. 집에서는 역겨운 마부가 제멋대로 행동하고 있다. 로자는 그의 희생양이다. 나는 더 이상 이런 생각을 하고 싶지 않다. 가장 불행한 시대의 서릿발에 벌거숭이 상태로 노출된 채로, 세속적인 탈 것과 이 세상 것이 아닌 듯한 말들과 나, 이 늙은이가 길을 잃고 헤맨다. 내 털 코트는 마차 뒤에 매달려 있지만 손이 닿지 않는다. 내 환자들 중 그 누구도 손가락 하나 까딱하지 않는다. 배신을 당했다! 속았다! 잘못된 야간 비상벨에 응답 한 번 했다가 영영 돌이킬 수 없게 되었다.

작가 연보

1883년   7월 3일, 자수성가한 상인 헤르만과 뢰비 가문 출신 율리에의 아들
          로 프라하에서 태어나다.
1889년   플라이쉬마르크트 초등학교에 입학하다.
1893년   알트쉬타트 독일어 국립고등학교에 입학하다.
1901년   프라하의 독일계 대학에 입학, 법학을 전공하다.
1905년   〈어떤 싸움의 기록〉을 집필하다.
1906년   법학박사 학위를 받고 대학 졸업 후 1년간 법원에서 근무하다.
          〈시골에서의 결혼 준비〉를 집필하다.
1908년   보헤미아 왕국 노동자 상해 보험 회사에 입사하다. 잡지 〈휘페리
          온〉에 8편의 소품을 발표하다.
1912년   《실종자》를 구상하고 집필을 시작하다. 〈선고〉, 〈변신〉을 집필하다.
1914년   《심판》, 〈유형지에서〉를 집필하다. 《실종자》를 완성하다.
1915년   《변신》을 출판하다.
1916년   《선고》를 출판하고, 〈시골 의사〉를 집필하다.

1919년   《유형지에서》,《시골 의사》를 출판하다. 〈아버지께 드리는 편지〉를
        집필하다.

1920년   〈포세이돈〉, 〈밤에〉, 〈법의 문제〉, 〈팽이〉 등을 집필하다.

1921년   〈최초의 고민〉을 집필하다.

1922년   《성》, 〈배고픈 예술가〉, 〈어떤 개의 탐구〉를 집필하다.

1923년   〈작은 여인〉, 〈건설〉을 집필하다.

1924년   〈가수 요제피네〉를 집필하다. 6월 3일, 빈 근교의 키어링 요양원
        에서 폐결핵으로 생을 마감하다.《배고픈 예술가》가 출판되다.

변신·시골 의사

초판 1쇄 인쇄 2024년 5월 7일
초판 1쇄 발행 2024년 5월 13일

지은이 프란츠 카프카
옮긴이 윤영
펴낸이 이효원
편집인 송승민
마케팅 추미경, 석유정
디자인 문인순(표지), 이수정(본문)
펴낸곳 올리버
출판등록 제395-2022-000125호
주소 경기도 고양시 덕양구 삼송로 222, 101동 305호(삼송동, 현대혜리엇)
전화 070-8279-7311   **팩스** 02-6008-0834
전자우편 tcbook@naver.com

ISBN 979-11-93130-64-3 03850

* 값은 뒤표지에 있습니다.
* 잘못된 책은 구입하신 서점에서 바꾸어 드립니다.

* 도서출판 올리버는 탐나는책의 교양서 브랜드입니다.

올리버 세계교양전집 목록